Simon Cherry

Eddy Stone und die intergalaktische Katze

Weitere Titel des Autors:

Eddy Stone und der Pirat in der Badewanne

Simon Cherry

Eddy Stone

und die intergalaktische Katze

Übersetzung aus dem Englischen
von Yvonne Hergane

Mit Illustrationen von
Mareikje Vogler

Baumhaus

FSC www.fsc.org
MIX
Papier aus verantwortungsvollen Quellen
FSC® C014496

Dieser Titel ist auch als E-Book erschienen.

Titel der englischen Originalausgabe:
„Eddy Stone and the Alien Cat Mash-up“

Text- und Bildredaktion: Susanne George, Bergisch Gladbach
Umschlaggestaltung: Tanja Østlyngen unter Verwendung
einer Illustration von Mareikje Vogler
Einbandmotiv: Mareikje Vogler, Hamburg
Satz: two-up, Düsseldorf
Gesetzt aus der Arnhem
Druck und Einband: GGP Media GmbH, Pößneck
Printed in Germany
ISBN 978-3-8339-0469-1

1 3 5 4 2

Sie finden uns im Internet unter www.baumhaus-verlag.de
Bitte beachten Sie auch www.luebbe.de

1. Kapitel

In dem jemand pitschnass ist

„Ist kaputtgegangen."

Eddy Stone sah seiner Cousine Millie ins Gesicht. Zwei große kugelrunde Augen blickten hinter dem Vorhang aus verwuschelten Locken hervor, die sich an den geröteten Wangen vorbei bis auf die Schultern des rosa Prinzessinnenkleides hinunterkringelten. Millie bot wirklich einen herzallerliebsten Anblick – wenn man von dem verdrehten Lenker absah, den sie in einer Hand hielt, und von der ölverschmierten Fahrradkette, die von der anderen Hand baumelte.

„Was meinst du damit?", fragte Eddy. „Wie kann ein Fahrrad einfach so kaputtgehen?"

„Ich war das nicht." Millie biss sich auf die Unterlippe. „Aber was würde mit dem passieren, der es kaputtgemacht hat?"

„Der würde richtig großen Ärger kriegen", erwiderte Eddy.

Ihre Unterlippe begann zu zittern.

Oh nein, dachte Eddy. *Bitte nicht schon wieder weinen.* Er hatte langsam echt genug von Millies Weinen – diesem Geheule, das schriller war als jede Polizeisirene und schneidender als das schärfste Messer. Genauer gesagt, Eddy hatte langsam echt genug von Millie insgesamt.

„Ich meine …“, fügte er hastig hinzu. „Es ist super, dass du nichts damit zu tun hattest, dann kriegst du natürlich auch keinen Ärger.“ Hoffentlich reichte das aus, den drohenden Tränenfluss zu verhindern.

Die Unterlippe hörte auf zu beben. Gut – zumindest das würde ihm erspart bleiben.

Wobei „gut“ immer relativ war, wenn es um Millie ging. Bei Millie war „gut“ immer noch relativ … schlecht.

Das waren die ersten Weihnachtsferien, die Eddy in der kleinen Küstenstadt Tidemark Bay verbrachte, in dem Häuschen, das seine Eltern erst im vergangenen Sommer gekauft hatten. Er hatte sich so darauf gefreut, in den Ferien draußen im Schnee herumzutollen und sich drinnen entspannt mit Fernsehen und Videospielen die Zeit zu vertreiben. Aber der Teil mit „draußen“ war von einer ganzen Woche mit dunkelgrauem Himmel und so ziemlich jeder erdenklichen Sorte Regen – von fiesem Nieselregen bis zu strömenden Sturzbächen – regelrecht ertränkt worden. Nicht einmal die ortsansässigen Enten ließen sich noch draußen blicken. Und das mit dem entspannten Fernsehen und Spielen – tja, den Plan hatte Millie ganz schnell durchkreuzt.

Eddys Tante Maureen und sein Onkel Ken hatten Millie über die Ferien mitgebracht. Und alle Erwachsenen waren derselben Meinung gewesen, nämlich dass es für einen vierdreivierteljährigen Wirbelwind nichts Besseres gab als einen elfeinhalb Jahre alten, vernünftigen Cousin namens Eddy, der sie im Auge behalten und ihr mit gutem Beispiel vorangehen sollte.

Eddy war nicht derselben Meinung gewesen. Genauer gesagt, Eddy war erst gar nicht nach seiner Meinung gefragt worden.

An diesem Abend nun hatten die Erwachsenen beschlossen, es gäbe nichts Besseres, um sich auf Weihnachten vorzubereiten, als auszugehen und Spaß zu haben, und so waren sie ausgegangen, um Spaß zu haben.

„Wir sind gleich die Straße runter im Pub“, sagte Eddys Vater. „Wenn es irgendein Problem geben sollte – du hast ja dein Handy.“

Und so saß Eddy nun hier fest, mit Millie und dem Auftrag, sie zu beaufsichtigen und bei Laune zu halten. Sie war nicht mal halb so alt wie er, nicht mal halb so groß wie er, aber doppelt so nervig, wie seine Nerven es eigentlich verkraftet hätten.

Die Fahrradteile in ihren Händen schienen Millie nicht mehr zu interessieren. Sie ließ die Kette auf den Fußboden fallen, sodass der Teppich ein paar fette Ölflecken abbekam, dann warf sie den Lenker über die Schulter nach hinten. Er krachte erst gegen die Wandlampe und durchschlug deren Glasschirm, dann schepperte er auf das Tischchen runter und traf einen Stapel Weihnachtspostkarten, der daraufhin kein Stapel mehr war.

Eddy gab sich wirklich größte Mühe, mit Millie Geduld zu haben. Aber Millie verschlang im Handumdrehen so ziemlich jeden Funken Geduld, den er aufbringen konnte, und verlangte schon eine Sekunde später nach mehr, mehr, mehr.

„Lass uns mal alles einsammeln“, sagte Eddy seufzend und bückte sich nach der Fahrradkette. „Und danach mach ich mich am besten auf die Suche nach dem Rest des Fahrrads. Kannst du dich erinnern, wo du es liegen gelassen hast?“

„Ich weiß noch, dass es in deinem Zimmer war“, gab sich Millie hilfreich.

„In meinem Zimmer? Aber wieso denn das?“

„Es hat so müde ausgesehen, da dachte ich, es bräuchte ein kleines Nickerchen in deinem Bett“, erklärte Millie. „War ganz schön schwierig, es die Treppe hochzutragen.“

Eddy ging los, um das Rad wieder herunterzuholen. Während er die Treppe hochstieg, bestaunte er den langen Kratzer, der unübersehbar die Tapete zierte.

„Aber es ist jetzt nicht mehr in deinem Zimmer!“, rief ihm Millie hinterher. „Nicht, seit es aus dem Fenster gefallen ist.“

„Wie hat mein Fahrrad es geschafft, aus dem Fenster zu fallen?“, fragte Eddy mit aller Ruhe, die er aufbringen konnte.

„Keine Ahnung“, erwiderte Millie. „Das ist ein großes Geheimnis.“

„Verstehe.“ Eddy versuchte, so gelassen wie möglich zu klingen. „Dann muss es wohl im Vorgarten gelandet sein.“

Er kam die Treppe wieder runter und nahm sich eine Taschenlampe aus dem Flurschrank. Ehrlich, auf die Nummer hätte er gut und gern verzichten können. Draußen war es tierisch kalt, ein scharfer Wind blies vom Meer herüber, peitschte den heftigen Regen gegen die Fenster und brachte den Briefkasten zum Klappern. Eddy schob den Riegel an der Haustür beiseite. Sofort riss ihm der Wind die Tür aus der Hand und ließ sie nach außen krachen.

„Woher kommt der Wind?“, fragte Millie, die auf der Treppe kauerte.

„Nicht jetzt.“ Eddy hielt sich eine Hand vor die Augen und schielte in den finsteren Abend hinaus.

Sein Fahrrad lag im Vorgarten auf der Seite, einen der Reifen in einem beängstigenden Winkel hochgereckt, und der Sattel setzte dort auf, wo normalerweise der Lenker war, aber davon abgesehen war es immerhin noch als Fahrrad zu erkennen.

Eddy angelte sich eine Regenjacke vom Haken neben der Tür und rannte hinaus. Der Wind ließ sich die Gelegenheit, ihn zu ärgern, nicht entgehen, und schlüpfte ihm so heftig hinten in den Kragen, die Ärmel hoch, ins Gesicht und in die Schuhe, dass Eddy in Sekundenbruchteilen pitschnass war.

„Ich hasse Regen“, sagte er und nahm dabei einen kräftigen Schluck davon. Hastig schnappte er sich das Fahrrad schob es Richtung Haus.

Doch als er sich gerade umdrehte, nahm er aus den Augenwinkeln etwas wahr, was auf dem Gartenpfad lag. Etwas Brau-

nes. Oder zumindest Bräunliches. Das war in der Dunkelheit und bei dem Regen schwer zu erkennen. Es sah aus wie ein kleiner Stoffhaufen. Vielleicht hatte einer der Erwachsenen vorhin ein Tuch oder einen Pullover fallen lassen? Das Ding war jedenfalls total durchtränkt. Es musste dringend ins Trockene gebracht werden.

Eddy ging hin und bückte sich danach.

„Miau!" Das Geräusch war kaum mehr als ein heiseres Krächzen.

Ängstlich wich das durchweichte Ding vor Eddy zurück.

„Eine Katze!“, rief Eddy. Was er aber auch nur an dem Miauen erkannt hatte. Denn das Tier hatte nichts Flauschiges oder Schnurriges an sich. Der Regen hatte ihm das Fell an den mageren Leib geklatscht, der Schwanz hing schlapp herunter, und Wasser tropfte von den Schnurrhaaren. Insgesamt war es ein völlig durchnässtes, zittriges Ding, das nicht nur mitleiderregend aussah, sondern sich auch sichtlich selbst bemitleidete.

„Hier kannst du nicht bleiben. Lass uns doch reingehen ... Oh.“

Schon stapfte die Katze an ihm vorbei und durch die offene Haustür in den hellen, warmen Flur hinein.

„Was ist das denn?“, quietschte Millie. „Darf das überhaupt hier rein? Das macht ganz dolle Pfützen auf den Teppich.“

„Schon okay, das ist nur eine Katze. Und die Pfützen sind

auch nur ein bisschen Wasser. Alles kein Weltuntergang“, sagte Eddy.

Doch schon sehr bald sollte er erfahren, dass er sich mit dieser Aussage in allen drei Punkten irrte. Ganz, ganz entsetzlich irrte.

2. Kapitel

In dem jemand hungrig ist

„Ich weiß, dass dir das nicht gefällt“, sagte Eddy, „aber wir müssen dich irgendwie trocken kriegen.“

Die Katze wand sich unter dem Handtuch, mit dem Eddy sie abrubbelte.

„Ich wollte schon immer eine Katze haben“, sagte Millie und hüpfte vor Aufregung auf und ab. „Ich nenne sie jetzt Herr Fluffischnuckischnurripfoti und werde sie auf immer und ewig lieb haben!“

Eddy dachte, vom Regen halb ersäuft zu werden sei eigentlich schon Strafe genug für einen Abend, da müsse man nicht auch noch so einen lächerlichen Namen verpasst bekommen. Aber er sagte keinen Ton, um Millie nicht zu verärgern. Außerdem war es egal, wie sie die Katze nannte – das Tier würde eh nicht lange bleiben. Es trug zwar weder Halsband noch eine Marke, von der man seine Herkunft hätte ablesen können, aber bestimmt stammte es aus einem der Nachbarhäuser und hatte sich nur verlaufen. Katzen fielen schließlich nicht einfach so vom Himmel. Bei dem grässlichen Wetter konnte Eddy erst mal nichts tun, aber er nahm sich vor, sich gleich morgen früh auf die Suche nach dem Besitzer zu machen.

Die Katze, nun als Herr Fluffischnuckischnurripfoti bekannt, krabbelte unter dem Handtuch hervor. Das Fell, das zu einem grellen Rotgelb getrocknet war, stand in alle Richtungen ab. Steif und schnuppernd stand die Katze da und wirkte alles andere als fluffi und schnurri. Und als Millie eine Hand ausstreckte, um sie zu streicheln, schlug sie sofort mit der Pfote nach ihr. Und geriet dann so aus dem Gleichgewicht, dass sie fast umgefallen wäre.

„Armer Herr Fluffischnuckischnurripfoti", sagte Millie. „Du brauchst doch keine Angst zu haben."

„Bestimmt muss er sich erst an uns gewöhnen", meinte Eddy.

„Ich glaube, er braucht einen Freund, und ich weiß auch schon einen – Horrisboris." Millie stapfte nach oben. „Jeder mag Horrisboris."

Horrisboris war Millies Lieblingskuscheltier. Ihre Mutter – Eddys Tante Maureen – hatte ihn gestrickt. Tante Maureen strickte mit großer Leidenschaft – und auf eine ganz besondere, einzigartige Weise.

„Strickmuster sind nur was für Anfänger", pflegte sie zu sagen. „Echte Strickprofis wandeln die immer ab."

Wahrscheinlich hatte Horrisboris' Leben mit einer stinknormalen Strickanleitung für einen Eisbären angefangen, dachte Eddy. Oder für einen Pelikan. Oder vielleicht auch einen Polizisten. Wenn Tante Maureen erst mal loslegte, konnte man das echt schlecht sagen. Aber als was auch immer er mal angefangen hatte – inzwischen hatte sich Horrisboris in eine klumpenförmige, blau-gräuliche Kreatur verwandelt, die einen sackartig hängenden Hintern, einen breiten roten Mund, große Glupschaugen und einen knallorangen Haarpuschel auf dem Kopf hatte.

Millie liebte Horrisboris heiß und innig. Aber in der Annahme, dass es auch jedem anderen so ging, täuschte sie sich doch sehr. Als sie Herrn Fluffischnuckischnurripfoti das Kuscheltier vor die Nase schleuderte, machte die Katze augenblicklich einen Satz nach hinten und verschwand durch die offene Tür ins Wohnzimmer.

„Warum hat er das gemacht?", fragte Millie.

„Er braucht Zeit, um sich hier wohlzufühlen", sagte Eddy. „Lass uns am besten rübergehen und uns ruhig neben ihn setzen. Wir können ja fernsehen oder so."

Argwöhnisch beäugte die Katze sie aus der hintersten Zimmerecke und wirkte in etwa so entspannt wie ein Schokoladeneis beim Anblick eines Heizlüfters. Eddy nahm die Fernbedienung und schaltete den Fernseher an. Gerade lief ein Werbespot für irgendein Duftzeugs, das Männern helfen sollte, an Weihnachten angenehmer zu riechen. Und dann folgte ein Spot, in dem eine schlanke graue Katze über einen flauschigen Teppich flanierte.

„Katzen sind nicht einfach nur Freunde", seufzte eine Stimme über die leise Schmusemusik hinweg. Die Katze rieb sich an den Beinen einer Frau. „Sie sind Familie. Und Ihre Familie hat nur das Beste verdient.“ Die Frau öffnete eine Dose Katzenfutter und richtete saftig schimmernde Fleischbröckchen in einer weißen Schüssel an.

Herr Fluffischnuckischnurripfoti torkelte langsam auf den Fernseher zu, hob eine Pfote und tappte damit auf den Bildschirm.

„Miau!“ Es hörte sich eher an wie Husten.

„Er will damit sagen, dass er Hunger hat“, erklärte Millie. „Er hat die Werbung gesehen und will jetzt Abendessen haben. So ein schlaues Tier!“

Die Katze tappte wieder auf den Bildschirm.

„Oh, darauf hätte ich auch selber kommen können“, sagte Eddy. „Na, dann los. Ich glaube, da ist noch ein Stück Hähnchenbrust im Kühlschrank, das kann er haben.“

Sie holten ein Schüsselchen aus dem Küchenschrank, kippten das in Stücke geschnippelte Fleisch hinein und stellten es auf den Fußboden.

„Bitte schön, Herr Fluffischnuckischnurripfoti“, sagte Millie. „Leckerlecker!“

Die Katze schlich langsam um die Schüssel herum und beschnupperte misstrauisch den Inhalt. Dann drehte sie sich um, platzierte ihren Hintern auf der Schüssel und wackelte hin und her.

„Iiiiihh!“, rief Millie. „Was macht der denn da?“

„Wirklich seltsam“, sagte Eddy. „So was hab ich noch nie gesehen.“

Herr Fluffischnuckischnurripfoti saß einen Augenblick still, als warte er auf etwas. Dann hievte er sein Hinterteil aus der Schüssel, drehte sich um und versenkte die Schnauze zwischen den Fleischstückchen. Als er den Kopf wieder hob, kaute er langsam und bedächtig, als würde er eine neue Gemüsesorte probieren.

Da dröhnte eine akustische Explosion aus Blechbläsern, Beats und Bellen aus dem Wohnzimmer herüber.

„Komm mit“, sagte Eddy. „Der Hundeheld geht los.“ Hastig stürmten er und Millie ins Wohnzimmer und warfen sich auf das Sofa vor dem Fernseher.

„Der Hundeheld“ war die neueste, top angesagte Actionserie über einen Hundedetektiv, der jede Woche böse Schurken daran hinderte, ihre Pläne zur Übernahme der Weltherrschaft in die Tat umzusetzen. Er war mal ein ganz normaler Hund gewesen, aber dann hatte ihm ein geheimnisvolles Flohhalsband plötzlich gleich mehrere Superkräfte verliehen, von superschneller Rennfähigkeit über superharte Krallen und superlautem Gebell bis hin zu superkräftigen Pfoten. Dank der Maske, die er über den Augen trug, wusste niemand, wer er war, aber das Pfotenabdruck-Logo auf seinem Umhang und seiner Mütze war überall berühmt. Die Liste der Welpen, die er schon aus reißenden Flüssen, brennenden Häusern und verschlossenen Wandschränken gerettet hatte, war inzwischen ellenlang.

Und er war nicht nur im Fernsehen ein Hit. Eddys Eltern besaßen ein Geschäft für schicke Haustier-Kostüme (tja, wer hat schon perfekte Eltern?), und die Hundeheld-Maske, der Hundeheld-Umhang und die Hundeheld-Mütze waren die absoluten Renner im Laden. Sie waren beliebter als die Sherlock-Holmes-Kombi aus Weste, Pfeife und Detektivmütze oder die komplette Königin-Viktoria-Ausstattung, die sogar in extrakleinen Größen für Meerschweinchen erhältlich war. Hunderte Hunde aller Rassen, vom Dackel bis zur Dänischen Dogge, würden an Weihnachten feststellen, dass sie die Feiertage dank ihrer Besitzer in Maske, Umhang und Mütze mit dem berühmten Pfotenabdruck-Logo verbringen mussten. Oder zumindest so lange, bis sie es geschafft hatten, sich von dem Kostüm zu befreien und es im Garten zu verbuddeln, wenn Herrchen und Frauchen gerade nicht hinschauten.

Gebannt sahen Eddy und Millie dem neuesten Abenteuer des Hundehelden zu, in dem ein besonders böser Bösewicht mit einem geheimen Unterwasser-Stützpunkt, eine riesige Echse und ein Plan zum Diebstahl von Belgien vorkamen. Doch sie waren nicht die Einzigen, die von der Fernsehserie gefesselt waren. Als sie in der ersten Werbeunterbrechung den Blick vom Bildschirm lösten, sahen sie die Katze, die neben ihnen saß und ebenfalls auf den Fernseher starrte.

„Miau!", machte Fluffischnuckischnurripfoti heiser, als ein Werbespot für Katzenfutter über den Bildschirm flimmerte – diesmal mit einer einst-sehr-aber-jetzt-nicht-mehr-sosehr-berühmten Fernsehköchin, die an dem Futter schnupperte und dann der Welt erklärte, es rieche so gut, dass sie es glatt selbst probieren würde.

„Klar doch“, sagte Eddy.

„Miau!“, wiederholte die Katze und hob eine Pfote Richtung Fernseher.

„Er hat immer noch Hunger“, sagte Millie.

„Das kann aber nicht sein“, widersprach Eddy. „Nicht nach der Riesenportion Hühnchen.“

„Miau!“, beharrte die Katze.

„Anscheinend doch“, sagte Millie.

„Okay“, gab Eddy sich geschlagen. „Dann schauen wir mal, was sich in der Küche noch so finden lässt.“

Eine Dreiviertelstunde später hatte der Hundeheld den Bösewicht besiegt und Belgien gerettet – und dazu zwei superniedliche Cockerspaniel-Welpen, die die Riesenechse eigentlich zum Mittagessen hatte verspeisen wollen. Jetzt schlabberte der Hundeheld mit seiner superstarken Zunge mehrere Liter Eiscreme mit Rindergeschmack, die sein Herrchen für ihn gemacht hatte – der liebe alte Mr Henderson, der lustigerweise so kurzsichtig war, dass er vom Doppelleben seines Hundes keine Ahnung hatte.

Innerhalb dieser Dreiviertelstunde hatte es drei weitere Werbeunterbrechungen mit je einem Werbespot für Katzenfutter gegeben. Und bei jedem hatte Fluffischnuckischnurripfoti gemaunzt und gemaunzt und nach mehr Fressen verlangt. Nach dem Hühnchen hatte er sich also eine Dose Thunfisch, eine Scheibe Schinken, das Innere eines Fischstäbchens und ein übrig gebliebenes Würstchen einverleibt. Und jetzt, direkt nach der Sendung, lief schon wieder der Werbespot mit der schlanken grauen Katze.

„Miau!", machte Fluffischnuckischnurripfoti. Und rülpste.

„Mit der Katze stimmt doch irgendwas nicht", sagte Eddy.

„Miau!"

„Ach was!", sagte Millie. „Das ist doch mein Herr Fluffischnuckischnurripfoti, die tollste Katze der Welt. Bestimmt hat er immer noch Hunger."

„Hunger? Schau ihn dir doch mal an – sein Bauch ist so rund, dass er fast über den Boden schleift."

„Ich hole ihm noch was. Ich hab dich so lieb, Fluffischnuckischnurripfoti! Na, komm mit."

Millie ging Richtung Küche, und die Katze folgte ihr sofort, wenn auch etwas schwerfällig mit ihrem dicken Bauch.

Eddy hörte, wie die Kühlschranktür aufging. Und wieder zu. Und dann Geklapper, als Millie im Küchenschrank stöberte.

„Da ist noch eine Packung Milchreis!", rief sie herüber. „Mögen Katzen Milchreis?"

„Lass es lieber", sagte Eddy. „Er hat schon genug gefressen."

Aber Millie hörte nicht auf ihn. „Das werden wir ja gleich rausfinden."

Ein paar Sekunden später kam sie wieder ins Wohnzimmer. „Deine Katze hat gekotzt", sagte sie.

3. Kapitel

In dem jemand pudelmützig ist

„Ich weiß, was Katzen gern zum Frühstück fressen“, sagte Eddys Onkel Ken lautstark zum Rest der Familie, die sich um den Küchentisch versammelt hatte. „Mausdamer Käse!“ Er gackerte.

Wenn Onkel Ken redete, wurde immer gegackert und gelacht. Meistens war Onkel Ken derjenige, der gackerte und lachte.

„Oder eine schöne Schale Mausli“, sagte Eddys Vater.

So ging das immer, wenn die zwei Brüder zusammen waren. Sie konnten einfach nicht aufhören, sich gegenseitig mit immer schlechteren Wortwitzen zu übertrumpfen.

„Wir haben nichts mehr im Haus, was wir ihr geben können“, sagte Eddy. „Die hat gestern Abend schon alles gefressen. Und wieder ausgekotzt.“

„Vielleicht wollte sie sich das alles nur noch mal durch den Kopf gehen lassen“, grölte Eddys Vater.

„War das ganz braun und klebrig?“, fragte Onkel Ken.

„Bitte, nicht beim Frühstück!“, sagte Tante Maureen.

Millie lachte. „Ja, es sah genauso braun und klebrig aus wie Kacka."

„Danke aber auch", sagte Tante Maureen.

„Bitte", erwiderte Millie. „Aber wofür eigentlich, Mum?"

„Ich geh mal los und versuche rauszufinden, wo die Katze hingehört", beschloss Eddy.

„Aber in einer halben Stunde bist du wieder da", sagte seine Mutter. „Wir müssen die letzten Kostümbestellungen losschicken, damit sie rechtzeitig vor Weihnachten ankommen. Deine Tante und dein Onkel haben netterweise angeboten, beim Verpacken zu helfen, also musst du solange auf die kleine Millie aufpassen."

„Schon wieder?", sagte Eddy.

„In deinem Alter kann es nicht schaden, ein bisschen Verantwortung zu übernehmen", erwiderte seine Mutter.

„Aber ich hab doch auch Ferien. Da soll man doch Spaß haben."

„Ach, wir werden schon Spaß haben", sagte Millie. „Wir können Pony spielen, genau wie gestern."

„Ich esse garantiert nicht noch mal Gras", sagte Eddy. „Das schmeckt ekelhaft."

„Ich fand es eigentlich ganz lecker", meinte Millie.

„Du hast doch nur kurz draufgebissen und es dann ausgespuckt, als du dachtest, ich guck nicht hin", sagte Eddy. „Ich hab's genau gesehen."

„Trotzdem fand ich es ganz lecker", beharrte Millie. „Ich

finde auch Erbsen ganz lecker, und die spuck ich auch wieder aus."

„Was machen wir bloß mit dir?" Tante Maureen seufzte. Die anderen schwiegen, zu höflich, um zu sagen, was ihrer Meinung nach mit Millie gemacht werden sollte. „Es ist wirklich lieb von dir, dass du dich um sie kümmerst, Eddy."

„Ja, ich weiß", sagte er. „Dann geh ich jetzt mal."

„Vergiss deine Pudelmütze nicht!", sagte seine Tante.

„Die könnte doch nie jemand vergessen", sagte Onkel Ken. „Egal, wie sehr man es auch versucht."

Die Pudelmütze war noch so einer von Tante Maureens Spezialentwürfen, ein gestricktes Gebilde aus roter und grüner Wolle, in das sie – schließlich stand Weihnachten vor der Tür – etliche farbige Bändchen, Stechpalmenzweige aus Plastik, eine batteriebetriebene Lichterkette und mehrere Lamettastreifen eingewebt hatte. Dieses Prachtstück war einmalig auf der Welt – oder eher zweimalig, denn für Millie hatte Tante Maureen natürlich auch eins gestrickt.

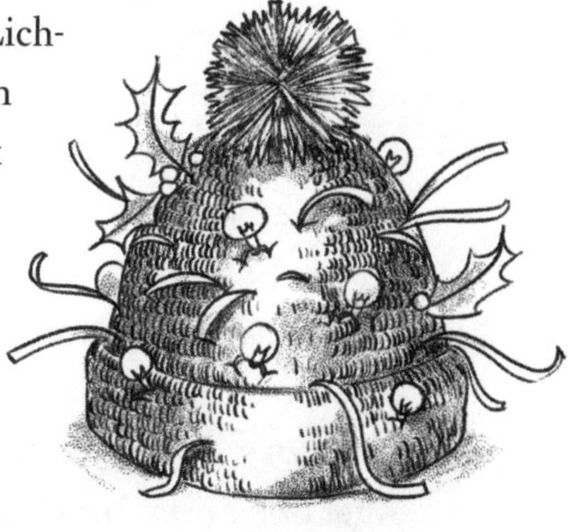

Eddy liebte seine Pudelmütze. Er fand es schön, dass die Leute lächelten, wenn sie ihn ansahen. Nur die Lichterkette machte er nicht an – zumindest nicht bei Tag. Er zog sich die Mütze über die Ohren und stapfte hinaus. Der kalte

Nieselregen piekte in seine Wangen. Eddy klopfte an unzählige Türen. Aber niemand wusste etwas über eine vermisste rot getigerte Katze. Schließlich hatte er das letzte Haus in der Straße erreicht: Clifftop Cottage. Bestimmt lohnte es sich gar nicht, da zu klingeln, denn innerhalb des hohen schmiedeeisernen Zauns würde eine Katze hier wohl keine zwei Minuten überleben. Nicht, solange es Brutus gab.

Dabei wusste Eddy nicht einmal, was Brutus eigentlich für ein Hund war. Er hatte mal seinen Besitzer gefragt, aber die Antwort hatte nur gelautet: „Ein großer." Okay, der Besitzer hatte hinzugefügt, Brutus würde keiner Fliege was zuleide tun. Eddy vermutete jedoch, dass Brutus Fliegen nur deswegen links liegen ließ, weil es wesentlich größere Beute gab, die zu jagen viel mehr Spaß machte. Nachbarn zum Beispiel.

Und so entschied Eddy, Clifftop Cottage auszulassen. Er versuchte, auf Zehenspitzen einen Bogen um das Haus zu machen, um Brutus' Aufmerksamkeit nicht auf sich zu lenken, da trat er auf ein trockenes Baumblatt. Und das erzeugte ein Geräusch, als hätte jemand zwei Straßen weiter einen Kartoffelchip mit dem Schuh zerkrizzelt. KRRRZZZRRZZZ! Ein Geräusch, das ausreichte, um Brutus aufzuwecken und in eine Bestie zu verwandeln, die innerhalb von Sekundenbruchteilen unter ohrenbetäubendem Gebell über den Rasen von Clifftop Cottage angeschossen kam.

WDRÄNG! Der Riesenhund warf sich so heftig gegen das Gartentor, dass das Geschepper Eddys Zähne klappern ließ.

WOFF! Das unheilvolle Bellen ließ Eddy die Haare zu Berge stehen.

Brutus' Besitzer sagte immer, das sei Brutus' Art, sich mit jemandem anfreunden zu wollen. Aber Eddy hatte noch nie erlebt, dass seine Freunde sofort unkontrollierbar zu sabbern anfingen, wenn sie ihn sahen.

WOFF! Eddy wirbelte herum und lief die Straße hinunter.

WOFF! WOFF! Er rannte und rannte, bis er endlich vor seiner eigenen Haustür wieder in Sicherheit war.

Seine Mutter stand schon im Mantel auf der Schwelle. „Gut, dass du da bist", sagte sie, als Eddy hereinkam. „Millie spielt gerade im Wohnzimmer am Computer. Mittagessen steht im Kühlschrank. Ich muss los, die anderen sind schon weg. Macht euch einen schönen Tag!"

„Wie kann ein Tag schön sein, wenn Millie dabei ist?", keuchte Eddy, aber seine Mutter war bereits auf halbem Weg den Gartenpfad hinunter und hörte ihn nicht mehr. Er schälte sich aus seiner nassen Jacke und nahm die Pudelmütze ab. Noch ein, zwei ruhige Minuten, dann würde er sich auf den Weg zu Millie machen, um zu sehen, was die so trieb.

Aber da stand sie schon an der Wohnzimmertür.

„Wie haben Katzen eigentlich geschrieben, bevor es Tastaturen gab?", fragte sie.

„Wie bitte?", sagte Eddy.

„Ich meine, sie können doch mit den Pfoten schließlich keinen Stift halten, oder? Haben sie sich den zwischen die Zähne geklemmt, oder haben sie die Pfoten in Farbe getunkt und ganz große Buchstaben geschrieben, oder wie?"

„Katzen können nicht schreiben", erklärte Eddy.

„Haha", sagte Millie. „Klar können sie."

„Nein, glaub mir. Können sie nicht."

„Tja, das musst du Herrn Fluffischnuckischnurripfoti dann wohl erst noch klarmachen", sagte Millie. „Er wollte wissen, ob wir ein Hempi...dings haben."

„Ein was?", fragte Eddy.

„Ein Humpfi...perfi... Ach, keine Ahnung. Komm einfach mit, er hat's auf dem Computer getippt."

4. Kapitel

In dem jemand verblüfft ist

Eddy folgte Millie ins Wohnzimmer. Die Katze saß auf dem Schreibtisch neben dem Computer. Auf dem Bildschirm prangte eine Nachricht.

„Ich bin auf euren Planeten gekommen, um eurer Bevölkerung wichtige Informationen zu überbringen“, las Eddy vor, „aber meine Kommunikationsplattform ist fehlerhaft. Die perforierte hemisphärische Diffusionsschallwand hat einen Ermüdungsbruch und muss ersetzt werden.“ Eddy runzelte die Stirn. „Na klar doch“, sagte er. „Eine Katze aus dem Weltall. Das hat sich dein Vater ausgedacht, stimmt’s? Du kannst ‚perforierte hemisphärische Diffusionsschallwand‘ nicht mal aussprechen, geschweige denn richtig schreiben, aber das klingt ganz nach der Sorte Scherz, wie Onkel Ken sie lustig findet. Okay, netter Versuch, haha. Aber um mich reinzulegen, müsst ihr euch schon was Besseres einfallen lassen.“

Er dachte, Millie würde jetzt, wo sie durchschaut war, in Gekicher ausbrechen. Aber sie lächelte nicht mal.

„Ich kann sehr wohl ‚pfefferierte heimiserische Divisionsschalwand‘ aussprechen. Aber das stammt weder von mir noch von Dad. Außerdem schreibt die Katze gerade wieder was, guck doch hin!“

Tatsächlich, hinter ihm klapperte die Tastatur. Eddy wirbelte herum – und erstarrte. Die Katze tippte mit den Pfoten etwas ein.

„Ich brauche eure Hilfe“, stand da.

„Siehste?“, meinte Millie. „Sag ich doch.“

„Kannst ... du ... mich ... ver...ste...hen?“, fragte Eddy langsam.

„Ja ... kann ... ich“, antwortete Millie.

„Nein ... nicht ... äh ... dich meine ich gar nicht! Ich meine die Katze!“

„Ja“, tippte die Katze.

„Gut“, sagte Eddy. „Ich will jetzt nämlich auf der Stelle wissen, was um alles in der Welt hier los ist. Und um alles außerhalb der Welt meinetwegen auch, wenn du wirklich von einem anderen Planeten kommst.

Außerdem muss ich mich jetzt erst mal hinsetzen. Ich hab mir ja gestern Abend schon gedacht, dass mit dir irgendwas nicht stimmt, aber so was ..."
Er brach kopfschüttelnd ab.

„Sind auf deinem Planeten alle Leute Katzen?", fragte Millie.

„Das ist nicht meine wahre Gestalt", tippte die Katze. „Unsere Wissenschaftler haben mir nur diesen tubeoiden Körper erbaut, damit ich bei meiner Ankunft hier keinen Alarm auslöse. Wir beobachten euren Planeten Erde – oder, wie wir ihn nennen, den mindergroßen Planeten Cz492gamma – schon

seit mehreren Jahren. Wir haben eure Übertragungen aufgezeichnet und durch Befragung eines Erdenbewohners wichtige Informationen gewonnen."

Diese Aussage reichte aus, um Eddy zu einer Vielzahl interessanter Anschlussfragen zu führen. Woher kam diese Katze? Was wollte sie damit sagen, dass Wissenschaftler ihren Körper erbaut hatten? Wieso ordneten sie die Erde als mindergroß ein? Welche Übertragungen hatten sie aufgezeichnet? Welchen Erdenbewohner hatten sie befragt? Und die vielleicht spannendste aller Fragen: Wie lange würde es dauern, bis ein Video von einer computertippenden Katze im Internet eine Million Klicks bekam?

Aber Eddy konnte im Moment keine einzige dieser Fragen stellen. Sein Gehirn war vollends damit beschäftigt, den Schock zu verarbeiten. Und so brachte er, während die Katze weitertippte, nur ein leises, kehliges Geräusch zustande, wie ein Hamster mit Schluckauf.

„Wir haben festgestellt, dass Katzen auf diesem Planeten die dominante Spezies darstellen, daher ...", schrieb die Katze.

„Was ist eine Domino-Spezi?", fragte Millie.

„Eine dominante Spezies", krächzte Eddy. „Sie meint, hier wären Katzen die Bestimmer, die Alpha-Wölfe."

„Aber Katzen sind doch keine Wölfe", sagte Millie.

„Und die Bestimmer sind sie auch nicht", fügte Eddy hinzu. „Wir Menschen haben hier die Oberherrschaft."

„Hm. Wir haben beobachtet, dass Katzen hier alles tun können, was sie wollen, sich hinlegen und herumlaufen können, wo sie wollen und wann sie wollen, und euch nach Belieben ignorieren – während ihr Menschen den ganzen Tag um sie herumscharwenzelt, ihnen Obdach und Schutz gewährt und die Fütterungsanweisungen der Informationsboxen befolgt", schrieb die Katze.

„Was für Informationsboxen?", fragte Eddy. „Was für Anweisungen?"

„Gestern Abend habt ihr aus der Informationsbox Anweisungen erhalten, womit ihr mich füttern sollt. Übrigens war das alles viel zu üppig, aber ich komme mit diesem tubeoiden Körper und seinem primitiven Verdauungssystem auch noch nicht sehr gut zurecht."

Da machte es bei Eddy plötzlich Klick.

„Du meinst die Katzenfutterwerbung im Fernsehen!"

„Das ist also eure Bezeichnung dafür?"

„Ja, aber das sind keine Fütterungsanweisungen. Die wollen uns nur dazu verlocken, bestimmte Sachen zu kaufen."

„Ich habe deinen Kommentar ins Programm aufgenommen", tippte die Katze.

Das ist doch verrückt, dachte Eddy. Redete er da wirklich mit einem Außerirdischen? Also einem Außerirdischen in Katzengestalt? Na ja, wenn es kein Außerirdischer war, dann konnte es nichts anderes sein als eine echte Katze mit einem merkwürdigen Sinn für Humor und der für Katzen eher untypischen

Fähigkeit zu schreiben. Aber irgendwie war das noch viel unwahrscheinlicher als die Außerirdischer-Variante.

„Diese perforierte hemisphärische Diffusionsschallwand, die du brauchst – was ist das?“, fragte Eddy.

„Ein rundes Teil aus Metall, etwa so groß wie deine Hand und mit vielen kleinen Löchern versehen.“

„Klingt nach einem kleinen Küchensieb“, sagte Eddy. „Ist aber offenbar kein Küchensieb. Ich meine, wer repariert schon ein Alien-Raumschiff mit einem Küchensieb? Andererseits – wer repariert überhaupt ein Alien-Raumschiff? Warte kurz.“

Er rauschte aus dem Zimmer und wühlte in der Küchenschublade.

„Geht das?“, fragte er, als er wieder zurück war. „Das ist ein kleines Küchensieb.“

„Könnte gehen“, tippte die Katze. „Aber ich muss es auch mit einem schalldämpfenden Überzug versehen – aus einem organischen, leicht elastischen Material.“

„Zum Beispiel eine Wollsocke“, sagte Eddy. „Augenblick.“

In der Küche wartete ein großer Berg sauberer Wäsche darauf, nach oben gebracht und im Schrank verstaut zu werden. Eddy zog eine graue Wollsocke heraus. Die würde er in den Ferien bestimmt nicht vermissen.

Zurück im Wohnzimmer, stülpte er die Socke über das Küchensieb. Sie passte perfekt.

„Wie dafür gemacht“, sagte er.

„Das könnte wirklich funktionieren“, schrieb die Katze. „Wegen eines Planungsfehlers, der dazu geführt hat, dass diese Lebensform keine Daumen hervorgebracht hat, bin ich leider außerstande, etwas zu greifen. Ich werde bei den Reparaturarbeiten also deine Hilfe brauchen. Sobald wir uns von diesem Bildschirm entfernen, mit dessen Hilfe ich schreibe, wird unsere Kommunikation unterbrochen sein, also pass gut auf. Ich werde dich zu meinem Raummodul führen. Das kannst du zuerst nicht sehen, weil es hinter einem Tarnschild verborgen ist. Dort werde ich das Tarnschild deaktivieren und die Kommunikationsplattform öffnen. Dann ersetzt du die kaputte perforierte hemisphärische Diffusionsschallwand. Folge mir.“

Damit sprang die Katze vom Schreibtisch hinunter und lief zur Tür.

„Ich kann dich hier nicht allein lassen“, wandte sich Eddy an Millie. „Du musst wohl mitkommen.“

„Um mir ein Raumschiff anzugucken? Ich wüsste nicht, was mich davon abhalten könnte! Na los!“

Wie fast alle Kinder hatten auch Eddy und Millie von ihren Eltern eingetrichtert bekommen, keinem Fremden zu trauen. Unglücklicherweise hatten die Eltern nichts darüber gesagt, dass man einer bestimmten Sorte Fremden *auf gar keinen Fall* trauen darf – fremden Außerirdischen, die sich als Katze verkleidet haben.

5. Kapitel

In dem jemand geschickt ist

„Du musst deine Jacke anziehen“, sagte Eddy.

„Seit wann darfst du mir sagen, was ich tun muss?“, gab Millie zurück.

„Deine Mutter hat mich gebeten, auf dich aufzupassen. Und was deine Mutter sagt, würdest du doch auch tun, oder nicht?“

„Nur wenn sie mir was sagt, was ich sowieso tun wollte. Das weiß sie schon lange. Aber da es draußen kalt ist, will ich meine Jacke anziehen. Und meine Weihnachtsmütze auch.“

Sie zog sich die Pudelmütze über den Kopf, bläute Horrisboris ein, ja brav auf sie zu warten, und rannte dann nach draußen.

„Warte auf mich!“, rief Eddy hinter ihr her. Er zog seine Jacke an, stopfte seine Pudelmütze in die eine Tasche und das Sieb-in-Socke in die andere.

Die Katze führte die beiden hinter das Haus, durch ein Loch im Zaun und über ein kleines Feld zu dem Wald, der auf einem Hügel oberhalb von Tidemark Bay thronte. Vorsichtig schlüpften sie durch struppiges Unterholz – und plötzlich ragte direkt vor ihnen, zwischen den Bäumen, ein riesiger Giftpilz auf. Sein Fuß war fast weiß, der breite Hut rauchgrau mit großen runden dunkelgrauen Flecken. Und er war beinahe so groß wie ein Haus.

Das Ding sah aus wie nicht von dieser Welt. *Das muss der Tarnschild sein*, dachte Eddy. Er überlegte immer noch, warum jemand ausgerechnet so eine lächerliche Tarnung ausgesucht hatte, auf die niemand reinfallen würde, als es plötzlich keine lächerliche Tarnung mehr gab, auf die niemand reinfallen würde. Der Pilz löste sich in einer Wolke schimmernden Lichts auf, und an seiner Stelle tauchte vor ihren Augen etwas auf, was wohl das ungetarnte Raummodul sein musste.

Eddy hatte schon viele Bilder gesehen, die zeigten, wie Leute sich Raumschiffe vorstellten. Sie sahen aus wie fliegende Untertassen ober riesige Raketen oder schwebende Lichtkugeln oder grimmige, bis unter den Rand mit Waffen gespickte Kampfmaschinen. Aber dieses Ding sah komplett anders aus. Es war irgendwie rundlich, aber nicht kugelförmig, mehr wie eine Geleebohne. Außen schimmerte es silbrig matt und glatt poliert. Und es war ebenfalls beinahe so groß wie ein Haus.

Auf einmal begann sich die große Geleebohne an einer Seite auszubeulen. Die Beule wuchs und wuchs und spuckte schließlich einen metallischen Würfel aus, der ungefähr so groß war wie eine Keksdose. Der Würfel kullerte über den Boden, bis sein Deckel aufsprang. Im Inneren konnte Eddy etwas Rundes erkennen, das in ein dunkles Gewebe gewickelt war.

„Was ist das denn?“, fragte Millie.

„Wahrscheinlich ist der Würfel die Kommunikationsplattform“, mutmaßte Eddy. „Und das runde Ding ist bestimmt das kaputte Teil, das ersetzt werden muss.“ Er zog das Sieb-in-Socke aus der Tasche und sah die Katze an. „Richtig?“, fragte er.

„Miau“, sagte die Katze. Was jetzt nicht besonders hilfreich war.

Vorsichtig tauschte Eddy das kaputte Ding gegen das improvisierte Ersatzteil aus. Das Sieb-in-Socke war etwas kleiner als das Originalteil, aber sobald es im Würfel lag, schrumpfte dieser etwas ein, bis er das Sieb perfekt umschloss. Dann ging der Deckel wieder zu, und der Würfel kullerte zu der Katze hinüber.

„Meinst du, das wird funktionieren?“, fragte Eddy.

„Ich glaube, das tut es jetzt schon. Kannst du mich hören?“

Die neue Stimme erklang irgendwie nicht in Eddys Ohren, eher irgendwo zwischen seinen Ohren, mitten in seinem Kopf. Er schaute die Katze an. „Ja. Wie machst du das?“

„Mit wem redest du da?“, fragte Millie leise.

„Mit der Katze“, erwiderte Eddy.

„Und wieso?“

„Weil sie mich was gefragt hat.“

„Und wieso kann ich sie nicht auch hören?“

„Das weiß ich nicht“, sagte Eddy.

„Die fortschrittlichen Gehirne unserer Spezies erlauben es uns, per Gedankenübertragung zu kommunizieren ...“, erklärte die Katze gerade.

„Ich glaube, ich hab ein Stück Lametta im Ohr“, sagte Millie und nahm ihre Mütze ab, um das Zeug herauszupopeln.

„... aber wir brauchen eine Kommunikationsplattform“, fuhr die Katze fort, „um unsere Gedankenwellen so zu verstärken, dass sie auch durch eure dicken Schädel dringen und ihr uns hören könnt.“

„Oooooh!“, rief Millie. „Ich glaube, ohne Mütze kann ich sie jetzt auch hören. Bist du das, Fluffischnuckischnurripfoti?“

„Ja, ich bin's“, sagte die Katze.

„Beweis es“, drängte Millie. „Sag Miau.“

„Miau.“

„Ooooh! Was für ein schlaues Maunzi!“

„Was hältst du von dem Raummodul?“, wandte sich die Katze an Eddy.

„Äh ... es ist sehr glänzend und ... keine Ahnung“, stammelte Eddy. „Ich hab so was noch nie gesehen, ich weiß nicht, womit ich es vergleichen könnte.“

„Das ist das modernste Modell“, kommunizierte die Katze. „So schnell, dass man sich – wenn man sich ganz rasch um-

dreht – nach dem Abheben noch selber am Boden stehen sehen kann. Willst du mal reinschauen?“

Eddy zögerte. Das war alles wirklich sehr seltsam.

Ein winziges Loch, kaum größer als eine Geldmünze, tat sich in der glatten silbrigen Oberfläche des Raumschiffs auf. Dann wuchs es und wuchs, wie ein sich öffnender Schlund, bis es groß genug war, dass man hindurchklettern konnte.

„Wer zuletzt drin ist, hat verloren!“, schrie Millie und rannte auf das Podul zu.

„Millie, nein!“, rief Eddy. „Du bleibst draußen, bis ich …“

„Ja, Mum! Was immer du willst!“, kreischte Millie über die Schulter zurück und kletterte ins Raumschiff.

„Fass wenigstens keine Knöpfe oder Hebel an!“, rief er noch.

Dann stieg er hastig hinterher und hoffte, seine Cousine habe noch nicht genug Zeit gehabt, dadrin irgendwas anzustellen oder kaputtzumachen.

Aber dadrin gab es gar nichts, was man hätte anfassen können. Von innen war das Raumschiff genauso glatt wie von außen. Es fühlte sich irgendwie weich an, wie ein mit Vanillesoße gefüllter Ballon. Und während die Oberfläche außen silbrig war, waren die Wände von innen durchsichtig, sodass man freie Sicht auf den Wald hatte. Die Katze kauerte immer noch zwischen den Bäumen, direkt neben dem Metallwürfel, durch den sie kommunizierte.

„Tür schließen“, sagte sie.

„Was?“, rief Eddy. „Moment mal …“

Aber die Öffnung, durch die sie hineingelangt waren, war plötzlich verschwunden. Eddy hatte das Gefühl, als wären sie lebendig verschluckt worden.

„Scan abgeschlossen", kullerte eine Stimme an den Innenwänden des Poduls entlang. „Körperfunktionen und Gehirnaktivitäten aufgezeichnet."

„Lass uns wieder raus!", sagte Eddy.

„Nein", lehnte die Katze ab. „Ihr wisst, dass ich nicht von dieser Welt bin. Meine wahre Identität muss vor der restlichen Menschheit verborgen bleiben. Also müsst ihr entfernt werden."

„Ich verändere jetzt meine Gestalt zugunsten eurer Sicherheit und Bequemlichkeit", verkündete die Stimme des Raumschiffs.

Schon spürte Eddy, wie sich die Innenwände an seine Beine pressten und ihn nach hinten zogen, bis er fest umschlossen zum Sitzen kam.

„Was ist denn hier los?", fragte Millie. „Sind wir etwa in einem Vergnügungspark gelandet?"

„Das wäre mir jetzt lieber", sagte Eddy.

„Nur zu eurer Information", sprach die Katze in ihrem Kopf. „Ich heiße nicht Fluffischnuckischnurripfoti. Wie konntet ihr es wagen, mich mit solch einem lächerlichen Namen zu beleidigen? Ich bin Drax G'varglestarg, Neuntes-Level-Agent der malvalischen Plünder-Flotte. Und jetzt nehmt Abschied – von allem da draußen. Ihr werdet es nämlich nie mehr wiedersehen."

6. Kapitel

In dem jemand benebelt ist

„Fertig machen zum Abheben", sagte das Raumschiff.

„Hör zu, wir wollen nicht mit", sagte Eddy. „Wir sind nicht deine Passagiere."

„Berichtigung", sagte das Podul. „Mein Befehl lautet, zwei tubeoide einheimische Lebewesen vom mindergroßen Planeten Cz492gamma zu transportieren."

„Dann ändere den Befehl", beharrte Eddy.

„Befehle haben Autoritätslevel neun. Überprüfe euren Autoritätslevel. Euer Autoritätslevel ist – null. Befehl bleibt bestehen. Entspannt euch und genießt den Flug."

„Wir sollen von der Erde entführt und, weiß der Geier wohin, gebracht werden! Wie soll man sich da entspannen?", rief Eddy.

„Der Scan deines Gehirns deutet auf mehrere Möglichkeiten hin, die Entspannung fördern", erklärte das Raumschiff. „Möglichkeit eins: eine beruhigende Farbe ..."

Schon färbten sich die Innenwände des Poduls sanft hellblau.

„Das meine ich nicht“, sagte Eddy.

„Möglichkeit zwei: ein beruhigendes Geräusch ...“

Leise Geigenmusik erfüllte plötzlich den Raum.

„Möglichkeit drei: ein angenehmer Duft ...“

Der Geruch nach warmem Kuchen drang in Eddys Nase.

„Möglichkeit vier: eine ordentliche Dosis Schlafgas ...“

Gelbliche Nebelschlieren waberten plötzlich durch die Luft.

„Nein!“, rief Eddy. „Warte!“

„Jetzt stell dich mal nicht so an“, ertönte die Stimme der Katze in seinem Kopf. „Sieh’s doch mal so – ich tue euch einen Gefallen. Wenn ihr nicht auf der Erde seid, seid ihr in Sicherheit.“

„In Sicherheit wovor?“ Eddy starrte nach draußen. Die Katze saß nun auf der würfelförmigen Kommunikationsplattform. „Was habt ihr denn vor?“

Drax sagte nichts, sondern hob nur eine Vorderpfote und winkte dem Raumschiff zu.

Und kippte dann nach hinten.

„Ich hasse diesen neuen Körper. Ich brauche eindeutig mehr Beine.“

Und dann wurde das Raumschiff plötzlich mit unfassbarer Geschwindigkeit nach oben katapultiert. Innerhalb von Sekunden schrumpfte die Erde zu einem winzigen Kügelchen, während sich der Himmel von Blau zu Schwarz verdunkelte.

Eddy war ganz schummerig zumute, als würde sein Kopf den Rest seines Körpers umkreisen. Die Außenwelt rauschte

als verschwommener Nebel an ihm vorbei. Nicht dass die Außenwelt überhaupt noch als Welt wahrnehmbar gewesen wäre. Um sie herum gab es nichts anderes mehr als das unendliche leere Nichts des Universums.

„Langweilig", sagte Millie mit schläfriger, nuschelnder Stimme. „Können wir jetzt wieder nach Hause?"

„Ich glaube nicht." Eine bessere Antwort fiel Eddy nicht ein.

„Aber wo auch immer wir hingehen, du passt auf mich auf, ja?", lallte Millie.

„Natürlich", erwiderte Eddy, aber es klang selbstsicherer, als er sich fühlte.

Er hätte nicht sagen können, wohin sie flogen oder wie lange oder wie schnell. Er gab sich alle Mühe, wach zu bleiben, während das Schlafgas sich alle Mühe gab, ihn zu benebeln. Draußen war außer unzähligen, weit entfernten Sternen nichts zu sehen. Doch dann, ganz plötzlich, tauchte etwas vor ihnen auf, ein Punkt, der zu einem riesigen Ball anschwoll, der aussah, als hätte ihn jemand ihnen entgegengeschleudert. Und dann wuchs er weiter und weiter, bis er schließlich als riesiger Planet zu erkennen war, verborgen unter einer verwirbelten, faserigen Hülle aus grauen und rostbraunen Wolken. Eddy meinte sich zu erinnern, dass er schon mal Bilder davon gesehen hatte, aber der Name des Planeten wollte ihm in seinem benommenen Zustand beim besten Willen nicht einfallen.

Das Raumschiff segelte an dem Planeten vorbei, und dahinter war plötzlich eine Reihe von ... Ja, was? Monden? ... zu erkennen. Eddy versuchte klar zu sehen, klar zu denken, während das Podul immer weiterflog. Nein, nicht Monde. Raumfahrzeuge. Raumfahrzeuge, die größer waren als eine ganze Stadt. Das Podul hielt direkt auf das nächstgelegene zu, flog wie an einem Faden entlang durch ein riesiges Loch an der Seite des Raumfahrzeugs, das sich plötzlich geöffnet hatte und sie so mühelos verschluckte wie ein Wal, der sich eine winzige Garnele einverleibt. Während das Podul in den Eingeweiden des enormen Raumfahrzeugs verschwand, sank Eddy schließlich in einen tiefen, traumlosen Schlaf.

Drax G'varglestarg schaute dem Podul nach, das mit seinen Passagieren ins Weltall verschwand. Wie einfach es gewesen war, die beiden auszutricksen und loszuwerden! Aber jetzt erwartete das Große Kontrollschiff seinen ersten Missionsbericht. Drax würde natürlich nichts über die Reparatur der Kommunikationsplattform erwähnen. Auch nichts von dem Fehler, der ihm unterlaufen war, als er sich in die Futterschüssel gesetzt hatte. Und auch nichts von der Überlastung seines neuen Verdauungsapparats. Das Große Kontrollschiff wollte von Problemen nichts wissen – auch dann nicht, wenn sie schon gelöst waren. Das Große Kontrollschiff wollte hören, dass die Mission ganz

nach Plan verlief. Und zwar hundertprozentig – keine Pleiten, keine Pannen.

Aber die Tarnung des Poduls würde er auf jeden Fall erwähnen müssen. Die hatte ja überhaupt nicht zur Umgebung gepasst. Beim Missions-Briefing hatten sie gesagt bekommen, die Wälder auf diesem Planeten seien voll mit Feen und ihren Giftpilzhäusern, aber von beidem hatte Drax hier keine Spur gesehen. Der Tarnschild musste also unbedingt umprogrammiert werden. Sie brauchten schließlich eine bessere Tarnung für den Tag, wenn sie das Podul losschickten, um ihn nach erfolgreich abgeschlossener Mission wieder abzuholen.

Drax lenkte seine Gedanken in den Kommunikationswürfel. „Agent Roter Kater." (Er achtete sorgsam darauf, nicht mitzudenken, wie bescheuert er diesen Codenamen fand.) „Bereit zur Berichterstattung an das Malvalische Große Kontrollschiff. Meine Landung auf dem Zielplaneten ist ordnungsgemäß, sicher und am angepeilten Ort erfolgt. Die Kommunikationsplattform ist in Betrieb, und ich werde das Gedankenkontrollprogramm demnächst aktivieren. An meine neue Gestalt habe ich mich bereits bestens gewöhnt. Melde gehorsamst", fuhr er fort, „dass es in dieser Gegend keine Anzeichen einer Feen-Aktivität gibt, und schlage vor, dass die gewählte Tarnform für das Podul noch einmal überdacht wird. Der Riesengiftpilz hat sich als nicht effektiv erwiesen. Weiterhin erbitte ich hiermit weitere Daten. Ich habe bereits zweimal beantragt, ein Individuum namens ‚schlaues Maunzi' zu identifizieren. Im Missions-Briefing finde ich dazu keine Angaben. Erbitte genauere Anweisungen dazu. Ich habe das Podul", schloss Drax seinen Bericht, „mitsamt zweier tubeoider Individuen zwecks genauer Untersuchung an die Heimatbasis zurückgesandt. Bericht Ende."

Dass die beiden tubeoiden Individuen im Podul wussten, dass er ein Außerirdischer war und etwas im Schilde führte, sagte er lieber nicht. Das hatte nämlich nicht zum Missionsplan gehört. Aber wenn alles glattgeht, würde das Große Kontrollschiff davon erst Wind bekommen, wenn Drax seine Arbeit auf diesem kleinen, nassen Planeten längst erledigt hatte. Und den kleinen, nassen Planeten gleich mit.

7. Kapitel

In dem jemand informiert und uniformiert ist

Eddy schlief. Seltsame Visionen waberten durch seinen Kopf. Er schwebte durch warme, feuchte Luft, von der seine Haut prickelte. Merkwürdige Wesen umschwirrten ihn, beäugten ihn neugierig, piksten ihn und stupsten seine Arme und Beine an, plapperten etwas davon, wie groß und schwer er doch sei. Es war so ähnlich wie Weihnachten, wenn er seine ganzen Tanten auf einem Haufen wiedersah – nur dass seine Tanten nicht grellorange waren und keine wild rotierenden Stielaugen hatten. Und wenn sie ihn anstupsten, dann mit roten Fingernägeln am Ende menschlicher Finger und nicht mit gedrechselten Tentakeln. Und sie sabberten auch nicht so einen klebrigen Schleim – na ja, außer vielleicht seine Großtante Valerie, die aber schon lange nicht mehr so oft eingeladen wurde wie früher.

Und dann war da dieses helle Licht.

Und dann ein säuerlicher Geruch in seiner Nase – wie wenn Onkel Ken seine Socken zum Trocknen auf den Ofen legte.

Und dann pikste ihm was in die Rippen.

Und dann war da diese Stimme.

„Wer bist du?"

„Ich versuch mich gerade zu erinnern", murmelte Eddy.

Urrghhh. Eddys Kopf fühlte sich an, als hätte ihn jemand mit Beton gefüllt. Was war denn bloß passiert? Er konnte nicht klar denken. Mühsam öffnete er die Augen. Da war Grün. Viel Grün. Aber irgendwie verschwommen – als würde man durch eine fremde Brille schauen.

Langsam begann das Grün Konturen anzunehmen. Blätter. Büsche. Eddy lag auf einer weiten Lichtung, die von vielen Bäumen umgeben war. Sah aus wie die Wälder, die er von zu Hause kannte. War er vielleicht wieder zu Hause?

Aber dann erblickte er die Ampel – direkt zwischen zwei üppigen Büschen. Ampeln im Wald? Das kannte er von zu Hause eindeutig nicht. So was wie das lilafarbene Sofa daneben auch nicht. Oder das große Klavier. Oder das kleine verwuschelte Mädchen, das neben ihm saß.

Doch, Moment mal, das Mädchen kannte er! Millie! Ja, genau, er war mit Millie zusammen gewesen. So langsam kam Eddys Erinnerung zurück. Da war eine Katze gewesen, die gar keine Katze war. Und eine Reise durchs Weltall. Und ein ... oh nein.

„Sind wir in einem Raumschiff?", fragte er.

„Ich fürchte ja." Die Stimme kam von irgendwo hinter ihm. Eine schwere, heisere Stimme. Bestimmt gehörte sie dem Mann, der Eddy in die Rippen gepikst hatte. Eddy drehte sich

um – da stand eine runzelige, grauhaarige Gestalt mit einem ungepflegten Bart, die eine dunkelgrüne, verwaschene Hose und ein dazu passendes Hemd trug. *Muss irgendeine Uniform sein*, dachte Eddy. *Oder die Überbleibsel davon.*

„Henry Helfing", sagte der Mann. „Gefreiter. 6060842." Er hielt Eddy seine Hand hin.

„Millie Stone", sagte Millie. „Vierdreiviertel."

„Und ich bin ihr Cousin Eddy", stellte Eddy sich vor. „Sie sind also Soldat. Okay, das erklärt die Uniform."

„Armeekoch", korrigierte Henry. „War berühmt für die besten Teigpasteten im ganzen Regiment. Bis ich dazu verdonnert wurde, in der falschen Nacht Wache zu stehen. Verdammter Pechvogel, der ich bin. ‚Helfing', hat der Unteroffizier gesagt, ‚in den Wäldern sind Lichter gesichtet worden, wo keine sein dürften. Schauen Sie da mal nach dem Rechten, marsch, marsch!' Und das Nächste, woran ich mich erinnere, ist so ein komisches Wesen mit orangen Tentakeln, das mich in dieses Raumschiff reinzerrt, und dann wache ich inmitten dieser ganzen Bäume auf. Ich hab Bäume noch nie leiden können. Nicht mal ganz normale, die immer am gleichen Ort stehen bleiben."

Eddy ließ die letzte Bemerkung unkommentiert durchgehen. Er hatte schon mehr als genug neue Informationen zu verarbeiten, da wollte er sich nicht auch noch um Bäume Sorgen machen, die womöglich von einem Ort zum anderen spazierten.

„So hab ich mir das Innere eines Raumschiffs aber nicht vorgestellt", sagte er.

„Echt Pfusch, oder?", sagte Henry. „Schau dir das mal an – überall grüner Teppichboden statt Gras. Irgendwelche Möbelstücke, aber keine Zimmer. Wahrscheinlich stellen die sich unseren normalen Lebensraum so vor."

„Was meinen Sie damit?", fragte Eddy.

„Das hier ist so eine Art Zoo", erwiderte Henry.

„Oh!", rief Millie. „Ich mag Zoos. Gibt's hier auch Oran-Tutans? Äh ... Uran-Otangs? ... Otung-Utans? ... Efelanten?"

„Aber was machen wir denn in einem Zoo?", fragte Eddy.

„Wir sind die Zootiere", sagte Henry.

„Wie bitte?"

„Wart's ab. Spiel die Infos ab, Ethel."

„Und wer ist Ethel?", fragte Eddy.

„So hab ich die Stimme genannt, die immer zu mir spricht. Die kommt vom Computer, der hier alles regelt. Es ist eine Abkürzung für extraterrestrische ... ach, keine Ahnung, den Rest hab ich vergessen. Als ich mir den Namen ausgedacht hab, hatte er jedenfalls eine Bedeutung, aber jetzt heißt sie einfach nur noch Ethel."

„Erklärung", drang Ethels klare, harte Stimme zu ihnen. „Zweibeiniges tubeoides Lebewesen vom mindergroßen Planeten ..."

„Was heißt denn tubeoid?", fragte Eddy.

„Keine Unterbrechung, bitte", unterbrach ihn Ethel.

„Aber ich versteh das nicht", unterbrach Eddy zurück. „Und Informationen sind doch dazu gemacht, dass der Empfänger sie versteht, oder?"

„Also gut", sagte Ethel. „Ein tubeoides Lebewesen ist eine primitive Kreatur, die ihre Nahrung in einem den Körper durchlaufenden Schlauch verdaut. Nahrung wird an einem Ende hineingeführt und der Abfall am anderen Ende wieder ausgeschieden."

„Aber wie soll man denn sonst essen?", fragte Eddy.

„Wie zivilisiert entwickelte Lebewesen das eben machen", gab Ethel zurück. „Man sprüht die Nahrung außerhalb des Körpers mit Verdauungssäften ein, saugt die guten Essenzen aus und belässt die eklige Restemasse da, wo sie ist. Bei Malvaliern zum Beispiel befindet sich der Behälter mit Verdauungssäften im unteren Teil des Rückens, daher setzen sie sich zum Essen auf ihre Nahrung."

„Ach, deswegen hat sich die Katze aufs Futter gesetzt", sagte Millie.

„Ich fahre jetzt fort", sagte Ethel. „Erklärung: zweibeiniges tubeoides Lebewesen vom mindergroßen Planeten Cz492gamma. Bevölkerung des Heimatplaneten: zahlreich und weiter ansteigend."

„Ja, das bin ich", sagte Henry. „Ein zweibeiniges tubeoides Lebewesen. Aber jetzt, wo wir alle zusammen in diesem Käfig festhocken, werden sie die Meldung auf DREI zweibeinige tubeoide Lebewesen ändern müssen."

„Was denn für ein Käfig?", hakte Eddy nach. „Ich seh keinen Käfig. Keine Gitter, keine Zäune, nur eine Lichtung mit Bäumen drum herum."

„Die brauchen keine Gitterstäbe", erklärte Henry. „Das Ganze läuft viel cleverer ab. Siehst du den Bach da drüben? Direkt vor den Bäumen?"

„Ja." Die Ufer waren jenseits der Ampel klar und deutlich zu erkennen.

„Der Bach verläuft einmal ganz um die Lichtung herum. So einen Wasserlauf hab ich noch nie gesehen. Fließt einfach immer im Kreis, Tag für Tag, ohne Anfang, ohne Ziel. Ich weiß genau, wie er sich fühlt ..." Henry stieß einen frustrierten Seufzer aus. Es klang, als würde die Luft aus einem löchrigen Ball entweichen.

„Und was ist damit?", bohrte Eddy weiter.

„Versuch mal, über den Bach zu steigen", sagte Henry. „Dann wirst du schon sehen."

„Okay. Millie, du bleibst immer schön bei mir." Er winkte Henry zu. „Bis später dann."

„Wird nicht viel später werden“, erwiderte Henry. „Mach dir nicht zu viele Hoffnungen.“

Millie griff nach Eddys Hand, und gemeinsam gingen sie zum Bach.

„Ich geh jetzt auf die andere Seite“, sagte Eddy. „Ich will wissen, was dann passiert. Du bleibst hier.“

„Warum?“

„Weil ich für dich verantwortlich bin. Ich will nur erst mal allein rausfinden, was da los ist.“ Er hob den rechten Fuß übers Wasser. „Los geht's“, sagte er und pflanzte seinen Fuß aufs andere Ufer.

„Zurück an deinen Platz!“, ertönte Ethels Stimme.

„Die hört sich aber sauer an“, sagte Millie.

„Wenn das alles ist, dann ist das ja nicht so schlimm“, sagte Eddy und holte sein linkes Bein nach.

„Wenn du nicht augenblicklich zurückgehst, bekommst du keine Pastete!“

„Das klingt schon schlimm“, sagte Millie. „Ich hab Hunger. Ich will Pastete!“

„Vergiss es“, sagte Eddy. „Erst will ich wissen, was hinter den Bäumen ist.“

Die ersten Bäume waren nur noch wenige Meter von ihm entfernt. Er machte einen Schritt auf sie zu und – UAAH. Sein Kopf! Die Bäume begannen vor seinem Blick zu verschwimmen, als wäre mit seinen Augen etwas nicht in Ordnung. Eddy blinzelte dagegen an.

„Warum haben die Bäume das gemacht?“, fragte Millie.

„Was gemacht?“, gab Eddy zurück.

„Sie haben sich bewegt, hast du das nicht gesehen?“

„Doch, aber ich dachte, ich hätte mir das nur eingebildet“, sagte Eddy.

Er machte drei Schritte nach vorn. Tatsächlich – die Bäume wichen vor ihm zurück.

Was um Himmels willen soll das?, dachte Eddy. *Oder eher, was um Weltalls willen?*

Er begann zu laufen.

Die Bäume liefen vor ihm weg.

Er rannte nach rechts.

Die Bäume wichen ihm aus.

Er lief und drehte sich, schlug Haken und blieb stehen und sprintete wieder los und wirbelte herum ...

Aber was auch immer er machte, die Bäume blieben stets im gleichen Abstand von ihm entfernt.

Eddy holte tief Luft und sauste mit voller Geschwindigkeit auf sie zu.

Die Bäume flohen vor ihm. Es war, als würde er am Strand eine Welle jagen, die sich ins Meer zurückzog.

„Siehst du, das meinte ich“, sagte Henry. „Zeitverschwendung. Du kriegst die nie.“

Eddy wirbelte herum – Henry war nur ein paar Schritte von

ihm entfernt, am anderen Ufer des Bachs. So viel Gerenne und Gelaufe, und Eddy befand sich immer noch am Wasser.

„Das versteh ich nicht", sagte er. „Ich bin doch gerannt. Wie kann man rennen, ohne vom Fleck zu kommen?"

„Keine Ahnung", antwortete Henry. „Aber so ist das auf der anderen Seite eben. Als würde sich der Raum ausdehnen, wenn man einzudringen versucht."

„Aber wir müssen doch hier raus!", sagte Eddy. „Auf der Erde lauert eine bösartige Katze darauf, was richtig Böses zu tun, und wir sind die Einzigen, die davon wissen und es verhindern können."

„Tja, dann viel Glück", sagte Henry mit der Begeisterung einer zu weich gekochten Nudel. „Ich hab's schon lange aufgegeben."

„Wie lange bist du denn schon hier gefangen?", fragte Eddy.

„Weiß ich nicht. Nach ungefähr drei Jahren hab ich das Gefühl für die Zeit verloren. Und das ist schon richtig lange her, wie man sieht." Er zupfte sich am langen Bart. „Am besten findet ihr euch damit ab – ihr werdet den Rest eures Lebens hier verbringen müssen."

8. Kapitel

In dem jemand ätzend ist

„Den Rest unseres Lebens?“, sagte Millie. „Aber das ist ja noch ... ewig!“ Ihre Unterlippe begann zu zittern.

„Ich werde nicht aufhören, nach einem Fluchtweg zu suchen“, sagte Eddy. „Das verspreche ich dir.“ Er hüpfte über den Bach zu den beiden anderen zurück.

„Schon besser“, tönte Ethel. „Und mach das ja nicht noch mal.“

„Na los“, sagte Henry und führte die zwei Kinder zurück auf die Lichtung. „Gleich gibt's Pastete.“

„Für aufmüpfige Jungs aber nicht“, sagte Ethel. „Das müssen sie sich erst noch verdienen. Ich hätte von euch gern Antworten auf ein paar Fragen.“

„Sie ist echt ätzend“, sagte Millie.

Ein großes schwarz-weißes Bild erschien auf einmal in der Luft. Die Worte *Zwerg Gerald* waberten vor dem Hintergrund eines mächtigen Giftpilzes, dessen dicker Fuß beinahe weiß schimmerte, während der rauchgraue Hut mit großen runden dunkelgrauen Flecken übersät war. Muntere Musik ertönte, als im Fußpilz ... äh ... Pilzfuß eine Tür aufging. Die Gestalt, die heraustrat, hatte einen hohen Hut, lange Ohren und spitze Schuhe mit reihenweise Glöckchen dran, die bei jedem Schritt klingelten und klimperten. Sofort fing die Gestalt auf entnervend schwungvolle Art zu singen an.

„Den Pilz kenn ich doch", sagte Eddy. „Das Podul hatte sich als Giftpilz verkleidet. Und ich kenn auch diese komische Geschichte. Zwerg Gerald meint, er hätte eine Socke verloren. Er sucht sie überall. Und dann fällt ihm auf, dass er beide Socken an einem Fuß trägt. Total öde Story."

„Und jetzt hast du auch noch den Schluss verraten", beschwerte sich Millie.

„Frage", verkündete Ethel. „Als wir dir diese Informationsübertragung erstmals gezeigt haben, hast du gesagt, dieser Zwerg samt seiner Behausung sei eine in euren Wäldern weitverbreitete Spezies. Unser Landeplatz auf der Erde befindet sich in einem typischen Erdenwald, aber dort konnten weder solche Pilzbehausungen noch Zwerge gesichtet werden. Ich verlange eine Erklärung."

„Das ist doch Blödsinn", sagte Millie. „Weiß doch jeder, dass es keine Zwerge ... mmmpfff!" Henry hatte ihr eine Hand auf den Mund gelegt.

„... dass es keine Zwerge zu dieser Jahreszeit gibt", sagte er. „Wir haben doch Winter. Da wachsen keine Pilze, also leben die Zwerge da in unterirdischen Bauten. Und schlafen die meiste Zeit."

„Ich füge deine Antwort unserer zentralen Datenbank hinzu“, meldete Ethel.

„Autsch!“, rief Henry, als Millie ihre Zähne in seine Hand grub.

„Was soll denn der ganze Quatsch?“, fragte Eddy.

„Eins hab ich beim Militär gelernt“, raunte Henry. „Man liefert dem Feind keinerlei Informationen. Und ein Ding mit orangenen Tentakeln, das mich ins Weltall rauszerrt, ist für mich eindeutig der Feind. Sie haben mir im Laufe der Zeit haufenweise Sachen aus dem Fernsehen gezeigt und mir Fragen dazu gestellt, und ich hab ihnen mit haufenweise Lügen geantwortet. Ich hab ihnen weisgemacht, die Sachen im Fernsehen wären alle echt, deswegen denken sie, Fernsehsendungen wären Informationsübertragungen. Und Werbespots Anweisungen, was man zu tun hat.“

„Ach, deswegen hat die Katze gedacht, wir müssten sie jedes Mal füttern, wenn Werbung für Katzenfutter im Fernsehen kam“, schlussfolgerte Eddy.

„Hört auf zu flüstern“, befahl Ethel. „Datenbank-Update abgeschlossen. Wir haben eine neue Informationsübertragung empfangen. Seht zu und liefert uns Erklärungen dazu.“

Diesmal waren die Bilder in Farbe. Und den Song erkannten Eddy und Millie sofort – eine akustische Explosion aus Blechbläsern, Beats und Bellen kündigte die Ankunft des Hundehelden an.

„Das ist ein Hund“, sagte Henry. „Und ...“ Er zögerte. Die

Serie hatte er noch nie gesehen, und deswegen hatte er keine Ahnung, was darin vorkam.

„Und er hat unglaubliche Superkräfte", sagte Eddy.

„Und er besiegt immer alle Bösewichte", fügte Millie hinzu.

„Und nichts und niemand kann ihn aufhalten", sagte Eddy. „Und ich wünschte, er wäre jetzt hier und würde uns retten."

„Füge eure Antworten der zentralen Datenbank hinzu", verkündete Ethel. „Ihr dürft jetzt euer Essen haben."

Ein Wägelchen holperte zwischen den Bäumen auf sie zu. Als es näher kam, erkannte Eddy darauf eine riesige Pastete mit goldener Teigkruste. Henry holte aus dem unteren Fach des Wägelchens Teller und Besteck heraus, dann schnitt er drei Stücke Pastete ab und verteilte die beladenen Teller.

„Das sieht gut aus! Ich sterbe gleich vor Hunger", stöhnte Millie.

„Darauf freu ich mich jeden Tag aufs Neue", sagte Henry. Die üppige Fleischfüllung und die dunkle Soße dampften auf den Tellern verführerisch vor sich hin. Die drei Freunde nahmen die erste Gabel voll.

„Und ich bin jeden Tag aufs Neue enttäuscht", sagte Henry mit vollem Mund.

„Ich will doch keine Pastete!" Millie spuckte alles aus. „Pastete schmeckt schrecklich."

Eddy kaute tapfer weiter. Das Zeug schmeckte wirklich merkwürdig. Ein bisschen wie Fischstäbchen. Mit Lakritzkonfekt. Und Zahnpasta. Und einem Hauch Möbelpolitur.

„Ethel schafft es hervorragend, die Pastete perfekt aussehen zu lassen“, erzählte Henry. „Sie hat in so einigen Filmen, die sie mir gezeigt hat, schon Pasteten gesehen. Aber beim Geschmack stochert sie wohl einfach nur im Nebel. Zumindest schmeckt's heute schon ein wenig besser als gestern“, fügte er verdrießlich hinzu.

„Du musst ein bisschen essen“, drängte Eddy seine Cousine. „Damit du bei Kräften bleibst.“

„Aber das schmeckt scheußlich!“

„Ach, nur ein bisschen ungewohnt.“ Eddy steckte sich eine Gabel voll in den Mund. „Mjam, mjam ...“, seufzte er mit gespielter Begeisterung.

Er war einfach so hungrig, dass er das Zeug wirklich runterschluckte. Doch dann sagte Ethel etwas, was ihm auf der Stelle den Appetit verschlug.

„Euer Meldestatus wurde aktualisiert. Der neue Status lautet: drei zweibeinige tubeoide Lebewesen vom mindergroßen Planeten Cz492gamma. Diverse Größen. Bevölkerungsstatus auf dem Heimatplaneten: im Begriff, ausgelöscht zu werden.“

„Ausgelöscht?“, wiederholte Eddy.

„Ich seh gar keine Feuerwehr“, sagte Millie.

„Aber wie könnte die Menschheit denn ausgelöscht werden?“, sagte Eddy. „Soll das ein Witz sein oder was?“

„Ethel macht nie Witze“, sagte Henry. „Hat keinen Sinn für Humor.“

„Aber was meinst du denn mit ausgelöscht?“, beharrte Eddy.

„Ausgelöscht meint ... vernichtet", erklärte Ethel. „Ausgestorben. Ausgerottet. Von der Erdoberfläche verschwunden. Tot. Keiner mehr da. Null, nada, nintendo."

„Ja, das Wort hab ich schon verstanden", sagte Eddy. „Ich meinte, wieso denn ausgelöscht? Und wie? Und warum? Und wann und wo und wofür?"

„Sobald die Plünder-Flotte eurem Planeten das gesamte Wasser entzogen hat", verkündete Ethel mit gänzlich emotionsloser Stimme.

„Ihr wollt der Erde das Wasser entziehen?", fragte Eddy mit einer Stimme, die keineswegs emotionslos war, weder gänzlich noch hälblich.

„Kein Wasser mehr!", rief Millie aus. „Dann muss ich nie wieder baden! Und werde nie wieder im Regen nass! Oh ... aber dann gibt's auch keine Pfützen mehr zum Reinhüpfen. Keine Wasserpistolen mehr. Keine ..."

„Kein gar nichts mehr!", stieß Eddy hervor. „Ohne Wasser kann auf der Erde nichts und niemand überleben."

9. Kapitel

In dem jemand überfordert ist

„Wir müssen die Menschen auf der Erde warnen", verkündete Eddy.

„Hast du schon versucht, sie anzurufen?", schlug Millie vor.

„Wir sind auf einem außerirdischen Raumschiff mitten im Weltall", sagte Eddy. „Von da kann man nicht anrufen."

„Ich wollte ja nur helfen", sagte Millie. „Und ich wette, du hast es gar nicht erst versucht."

Vom Weltall aus nach Hause telefonieren?, dachte Eddy. *Das halte ich für sehr unwahrscheinlich, aber …* Er holte sein Handy aus der Hosentasche und … kein Empfang. *Nein, natürlich kann man vom Weltall aus nicht nach Hause telefonieren! Was für eine blöde Idee.*

Er brauchte unbedingt eine geniale Idee. Und zwar sofort. Sie hatten keine Zeit zu verlieren. *Wie wär's, wenn …?* Aber ihm wollte einfach nichts einfallen.

„Henry", sagte er, „Sie sind doch der Erwachsene hier. Sie sollten die Entscheidungen treffen. Was meinen Sie, was wir jetzt tun können?"

„Frag mich doch nicht“, gab Henry zurück. „Ich hab in der ganzen Zeit, seit ich hier bin, keine Entscheidungen treffen müssen. Und beim Militär auch nicht. Ich war nur ein kleiner Soldat, der das zu tun hatte, was die Offiziere ihm befahlen. Wieso warten wir nicht einfach ab, was passiert?“

„Weil wir dann nie einen Weg finden werden, die Leute auf der Erde zu warnen“, antwortete Eddy. „Wir können doch nicht die Hände in den Schoß legen und in unserem Gefängnis sitzen bleiben. Wir müssen hier raus!“

„Das geht aber nicht“, sagte Henry. „Und selbst wenn wir aus diesem Raum rauskommen, wären wir immer noch auf dem Raumschiff mitten im Weltall gefangen. Wo sollen wir denn hin?“

„So weit hab ich noch nicht gedacht“, sagte Eddy. „Ich will erst mal nur raus hier. Aus diesem Käfig. Das ist der erste Schritt. Immer noch besser, als gar nichts zu machen. Und vielleicht fällt uns dann ein, wie der zweite Schritt aussehen könnte.“

„Fein, und wie sollen wir hier rauskommen?“, fragte Henry. „Du hast doch selber gesehen, was passiert ist, als du nur über den Bach gehüpft bist.“

„Keine Ahnung.“ Eddy hatte immer noch keine geniale Idee. Aber na ja, vielleicht musste er dann einfach mal eine nicht-ganz-so-geniale Idee ausprobieren.

„Ethel“, sagte er, „du stehst doch so auf Fragen. Also, wie kann man von hier wegkommen?“

„Diese Information ist Mitarbeitern vom Level sieben oder höher vorbehalten", erwiderte Ethel. „Stelle eine andere Frage."

„Auf welchem Level stehen wir?", fragte Eddy. „Und wie können wir Level sieben erreichen?"

„Ihr seid Musterstücke. Musterstücke bekommen gar kein Level zugeteilt. Ihr seid Level null. Stelle eine andere Frage."

„Das macht keinen Spaß", nölte Millie. „Ich will was spielen."

„Dafür haben wir keine Zeit", sagte Eddy.

„Du bist gemein", sagte Millie.

„Nein, nur anderweitig beschäftigt."

„Warum?"

„Einfach darum. Hey, Ethel wollte doch eine neue Frage haben. Wieso stellst du ihr nicht einfach eine? Du hast doch ständig haufenweise Fragen."

Dann ist Millie wenigstens eine Weile beschäftigt, während ich weiter nach einem Fluchtweg suche, dachte Eddy.

„Ja klar, ich hab viele Fragen", sagte Millie. „Viele, viele. Ethel, warum gibt's Ponys?"

„Durchsuche Datenbank", verkündete Ethel. „Pony. Vierbeiniges tubeoides Lebewesen, das auf dem mindergroßen Planeten Cz492gamma vorkommt. Nahrung: Äpfel und Pfefferminzbonbons ..."

„Was ist eigentlich mit dem Pasteten-Wägelchen?", wandte sich Eddy an Henry. „Das kommt hier auch täglich rein und raus."

„Vergiss es“, sagte Henry. „Ich bin einmal hinterhergegangen. Auf der anderen Seite des Bachs war’s plötzlich – puff! – einfach verschwunden.“

„Ich weiß, *was* Ponys sind“, sagte Millie. „Ich bin doch schon vierdreiviertel. Ich wollte wissen, *warum* es die gibt!“

„Durchsuche Datenbank“, sagte Ethel. „Die Lebensformen auf dem minderen Planeten Cz492gamma verdanken ihre Entstehung wahrscheinlich den ...“

„Langweilig“, sagte Millie. „Was ist die beste Zahl?“

„Durchsuche Datenbank“, sagte Ethel. „Auf etlichen Planeten gelten unterschiedlichste Zahlen als Glück bringend. Auf Habathalor zum Beispiel wird die Eins als einzige Glückszahl betrachtet, da immer, wenn sich zwei oder mehr Habathalorianer treffen, der größte die anderen auffrisst.“

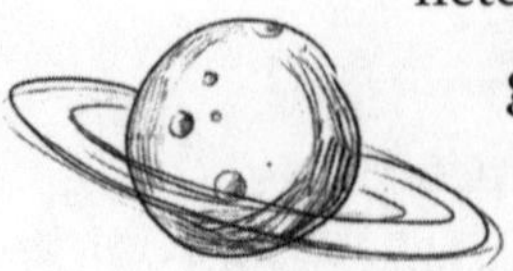

„Ich hab eine Idee“, sagte Eddy zu Henry. „Bisher haben wir immer nur einzeln zu entkommen versucht. Wenn wir jetzt aber beide in verschiedene Richtungen rennen würden, wäre es für die Bäume vielleicht unmöglich, sich in beide Richtungen gleichzeitig zu verschieben.“

„Ich weiß ja nicht“, sagte Henry. „Klingt nicht sehr erfolgversprechend.“

„Einen Versuch ist es doch wert“, beharrte Eddy. „Wir dürfen nicht einfach so aufgeben.“

„Aufgeben ist aber nicht so anstrengend.“

„Bla bla bla“, plapperte Millie. „Ich finde, die Sieben ist die beste Zahl, aber meine Freundin Sophie findet die Drei besser, aber da hat sie doch nicht recht, oder?"

„In vielen Kulturen gilt die Drei ..."

„... als viel schlechter als die Sieben", sagte Millie. „Wer hat Grünkohl erfunden? Und wozu haben die sich überhaupt die Mühe gemacht?"

„Na los", sagte Eddy. Er trottete auf die Bäume zu, während Henry sich langsam in die entgegengesetzte Richtung in Bewegung setzte. Schon bald war Eddy am Bach und hüpfte darüber hinweg. Die Bäume wichen wie beim ersten Mal vor ihm zurück.

„Und?", rief er Henry über die Schulter zu.

„Moment, ich bin noch nicht da", lautete dessen Antwort.

„Durchsuche Datenbank", meldete Ethel. „Keine Einträge zu Grünkohl vorhanden."

„Du Glückliche", sagte Millie. „Ich wünschte, ich hätte auch nie was davon gehört. Was ist klein, grün und dreieckig?"

„Durchsuche Datenbank", sagte Ethel. „Erstelle Listen aller kleinen, aller grünen und aller dreieckigen Objekte, die im Universum existieren."

„Ich bin jetzt da!", rief Henry. „Und die Bäume machen dasselbe wie immer. Hab doch gesagt, das ist nur Zeitverschwendung."

„Na ja, einen Versuch war's trotzdem wert", erwiderte Eddy.

„Nein, war's nicht", gab Henry zurück. „Hat ja nicht funktioniert."

„Okay, zurück zur Mitte", sagte Eddy. „Wir müssen uns was anderes ausdenken."

„Ein kleines grünes Dreieck", sagte Millie, die nicht auf Ethels Listen warten wollte. „Und was ist klein, braun und dreieckig?"

„Erstelle zusätzliche Liste aller braunen Objekte, die im Universum existieren", sagte Ethel. „Listen aller kleinen, grünen und dreieckigen Objekte abgeschlossen. Anzahl der Einträge für kleine Objekte: etwa fünf Trillionen dreihundertsiebenundvierzig Milliarden. Anzahl der Einträge für grüne Objekte: etwa drei Trillionen einhundertzweiundneunzig Milliarden. Anzahl der Einträge für dreieckige Objekte: etwa fünfhunderteinundsiebzig Milliarden. Erstelle Kreuzverweisliste, um herauszufinden, welche Objekte in allen drei Listen auftauchen."

„Was ist klein, *braun* und dreieckig?", wiederholte Millie.

„Ein kleines braunes Dreieck? Kreuzverweislistenerstellung nicht möglich, da der hierfür benötigte Speicherplatz nicht zur Verfügung steht. Wiederhole: nicht ausreichend Computerspeicherplatz vorhanden. Lösche temporären Speicher. Ponys können klein und braun, aber nicht dreieckig sein. Triangeln können klein und dreieckig, aber nicht braun sein. Temporärer Speicher gelöscht. Weiterhin nicht ausreichend Computerspeicherplatz vorhanden. Zugriff auf Speicherkapazitäten anderer Systeme in Arbeit."

„Der Schatten vom kleinen grünen Dreieck!", rief Millie. „Was redet die da für einen unverständlichen Quatsch?", wandte sie sich dann an Eddy, der gerade wieder auf die Lichtung kam.

„Sie kann deine Fragen nicht beantworten", sagte Eddy. „Die sind zu groß für ihr ... Gehirn. Deswegen versucht sie jetzt, Teile des Gehirns einzusetzen, die normalerweise andere Aufgaben erfüllen."

„Aber das mit dem Dreieck war doch nur eine Spaßfrage", sagte Millie.

„Ich hab doch gesagt, Ethel hat keinen Sinn für Humor", schaltete sich Henry ein. „Die würde einen Witz nicht mal dann verstehen, wenn er über die Straße angewackelt kommt, sich vor ihre Tür stellt und ‚Klopf, klopf!' ruft."

„Zugriff auf Speicherkapazitäten anderer Systeme", wiederholte Ethel. Auf einmal fing das Licht an zu flackern und wurde schwächer. „Zupfiff auf Speicherkupferzitäten anderer Systeme. Zukniff aupf Speichelkakatzetüten wanderer Süßthemen."

„Speichelkakatzetüten?", sagte Henry. „Was redet sie da für ein sinnloses Zeug?"

„Anscheinend bringt sie Wörter durcheinander, weil ihre Kommunikations- und Suchsysteme überfordert sind", erwiderte Eddy.

Die Bäume begannen zu zittern, als würde man auf einen flackernden Fernsehbildschirm schauen. (In einer ähnlichen Situation war Eddys Vater mal aufs Hausdach geklettert, um die Antenne mit einem sanften Hammerschlag in die richtige

Position zu biegen, und hatte stattdessen den halben Kamin zum Einsturz gebracht.)

„Sie schließt auch ihr Projektionssystem", sagte Eddy. „Guckt mal, die Bäume waren die ganze Zeit nur eine Projektion! Ethel stellt die Landschaft ab!"

Und tatsächlich – schon verschwanden alle Äste und Zweige, sodass nur noch die nackten Baumstämme zu sehen waren.

„Ich war das nicht, ich hab sie nicht kaputtgemacht!", sagte Millie. „Aber was passiert eigentlich, wenn Ethel kaputtgeht?"

„Vielleicht ist das unsere Chance, von hier wegzukommen", raunte Eddy.

Die Baumstämme explodierten in einem Sprühregen aus braunen Punkten, der nach kürzester Zeit erlosch. Stattdessen konnte man nun die Umrisse des Käfigs erkennen, in dem sie gefangen waren. Es war ein großer Kreis aus langen Metallstangen, die bis zur hohen Decke reichten. Aber zwischen den Stangen klafften große Lücken, und in den Lücken war ... nichts. Gar nichts. Bot sich den drei Freunden hier wirklich eine Chance zu entkommen?

„Systemüberlastung", meldete Ethel. „Süßdemüberfastung. Sesstimüberhastung."

Ein lautes Summen erfüllte den Raum, als wäre ein Zehn-Millionen-Bienenschwarm im Anflug. Und dann – Stille. Die Lichter gingen aus, sodass die drei plötzlich von undurchdringlicher Dunkelheit umgeben waren.

„Das gefällt mir nicht", sagte Millie.

„Alles wird gut“, sagte Eddy, griff nach ihrer Hand und drückte sie. Er konnte nur hoffen, dass er recht behalten würde.

„Ethel?“, tönte eine Stimme durch die Finsternis. „Alles okay bei dir?“

Keine Antwort. Nach einigen Sekunden fing die Decke schwach zu schimmern an, gerade hell genug, dass sie die Dinge in ihrer unmittelbaren Umgebung erkennen konnten.

„Das muss die Notbeleuchtung sein“, sagte Eddy. „So, und jetzt schnell, wir müssen schauen, wo es hier rausgeht.“ Er hastete über den Bach und machte bewusst den ersten Schritt weiter – ob die Metallstangen des Käfigs, wie zuvor die Bäume, vor ihm zurückweichen würden? Aber nein, alles blieb an Ort und Stelle. Mit welchen seltsamen Mitteln auch immer sie vorher am Weglaufen gehindert worden waren, jetzt war das jedenfalls alles außer Kraft gesetzt.

Eddy führte Millie und Henry an. Kurz entschlossen schlüpften sie zwischen zwei Metallstangen hindurch nach draußen.

Das schwache Deckenlicht reichte nicht aus, um alles zu erkennen. Aber vor ihnen schien sich ein riesiger leerer Raum aufzutun, eben und grau und groß wie zehn Fußballfelder. Und dort gab es etliche weitere Käfige. Der ganze Platz war von dicken Metallstangen eingefasst, zwischen denen in unregelmäßigen Abständen dunkle Flure abgingen. So sah es also im Inneren des außerirdischen Raumschiffs aus. Eddy hätte sich da etwas wesentlich Ausgefalleneres, Aufregenderes vorgestellt, aber das hier war einfach nur karg und öde und ungefähr so aufregend wie ein leerer Spielplatz an einem verregneten Mittwochnachmittag.

„Los, vorwärts", drängte er. „Lasst uns zu der Mauer da rübergehen und gucken, ob wir in einem der Flure irgendwas Hilfreiches entdecken."

„Um da hinzukommen, werden wir aber echt viel Glück brauchen", sagte Henry. „Wie lautet denn jetzt dein Plan?"

„Mein Plan lautet: Wir werden echt viel Glück haben", gab Eddy zurück. „Aber erst mal gehen wir ganz, ganz vorsichtig vor. Was auch immer für Lebewesen in den anderen Käfigen drin waren – jetzt laufen sie alle frei herum."

10. Kapitel

In dem jemand schnaufig ist

Was von hinten auf sie zugekrochen kam, bemerkten sie nicht. Sie hatten sich durch das milchige Zwielicht langsam auf die graue Metallwand zubewegt und sie fast schon erreicht, als sie hinter sich plötzlich ein Getrippeltrappel hörten, und als sie sich umdrehten – war es da.

Es war rot und gelb, irgendwas zwischen einer Riesengarnele und der größten Kakerlake, der man nie begegnen möchte, mit zwei Beinpaaren am Vorderleib und dazu drei weiteren am Hinterleib, um den Zehnerpack vollzumachen. Als es näher kam, erhob es sich auf die Hinterbeine und war damit nun genauso groß wie Millie. Lange Fühler wuselten durch die Luft, während die seitlich am Kopf liegenden Augen wild hin und her huschten. Sägezahnige Krebsscheren ragten aus dem Kopf hervor, Scheren, die mit jeder Sekunde näher kamen.

Eddy wollte aufschreien, brachte aber nur ein ersticktes Krächzen zustande, das an das Niesen eines Wellensittichs erinnerte.

„Na toll“, flüsterte Henry.

Millie hatte da stimmlich schon mehr drauf. Sehr viel mehr. Sie stieß einen grellen Schrei aus, worauf das Ding wie angewurzelt stehen blieb. Unsicher begann es die Scheren aneinanderzureiben, was sich anhörte, als kippe jemand Murmeln in einen Blecheimer.

Millie kreischte noch mal.

Das Ding verschränkte die vorderen Beine vor der Brust und nestelte an einem kleinen Metallteil herum. Ein grüner Blitz schoss hervor, und das Scherengeklapper wich einer Stimme. „Das war aber keine nette Begrüßung, Puppengesicht. Von deinem Gekreische rattert mir das Hirn."

Millie hörte auf zu schreien.

„Schon besser", sagte das Ding. „Wieso brüllst du denn so?"

„Weil du uns so erschreckt hast", sagte Eddy.

„Und weil du so schuppig und schaurig und schrecklich bist", fügte Millie hinzu.

„Ach ja? Also da, wo ich herkomme, erzählen wir den Kindern Geschichten von weichen, wabbeligen Wesen wie euch, wenn wir sie erschrecken wollen. Wie auch immer – vor mir braucht ihr keine Angst zu haben. Im Gegenteil, ich bin so ziemlich der einzige Freund, den ihr hier habt. Guckt mal, so kann ich mir alles anschauen." Es schob seine Augen auf Teleskopfühlern raus und ließ sie in zwei unterschiedlichen Richtungen herumwirbeln. „Na, wie findet ihr das? Wollte ich euch nur mal zeigen, um das Eis zu brechen. Übrigens, ich heiße Donnerstag. Donnerstag Cornflake."

„Das ist aber ein blöder Name“, sagte Millie.

„Tatsächlich? Wusste ich nicht. Liegt wohl an diesem QuarkQuaker-Übersetzungsdingens hier.“ Er klopfte auf das Metallding an seiner Brust.

„Du hast ein Übersetzungsdingens?“, fragte Eddy.

„Ja, was denn sonst? Dachtest du, alle Wesen im Weltall stoßen so Muu-Maa-Geräusche aus wie ihr? Normalerweise übersetzt der zentrale Kontrollcomputer jedes Gespräch für alle gleichzeitig, aber anscheinend funktioniert der gerade nicht.“

„Ist kaputt“, sagte Millie. „Aber ich war's nicht.“

„Ich schleppe dieses kleine Ding immer mit mir herum, weil ich ab und zu an geheimen Orten Gespräche führe, von denen der Computer nichts zu wissen braucht“, erklärte Donnerstag. „Der QuarkQuaker spricht über dreißigtausend Sprachen perfekt, und er ersetzt fremd klingende oder schwer auszusprechende Namen durch vertraute, witzige, freundliche Wörter aus der Muttersprache des Empfängers, um für diesen eine beruhigende Atmosphäre zu schaffen. Stand zumindest so auf der Schachtel. Mein richtiger Name ist ...“ Er schaltete das grüne Licht am QuarkQuaker aus, rieb seine Scheren aneinander, was sich anhörte, als säge jemand ein Metallrohr durch, und schaltete schließlich wieder den Übersetzer ein. „Aber ich schätze, ihr habt keine Möglichkeit, mit dem Loch vorne in eurem Gesicht solche Laute zu erzeugen. Also bin ich für euch Donnerstag Cornflake, okay?"

„Wir sind Eddy, Millie und Henry", sagte Eddy.

„Und ich vermute, ihr seid gerade aus einem der Käfige ausgebrochen, was? Tja, also ... hm ..." Er brach ab. „Könnt ihr das hören?" Von irgendwo, nicht ganz nah und noch weit genug weg, drang ein Gemisch aus Schrittgepolter und ersticktem Gurgeln an ihre Ohren, als sauge jemand die letzten Tropfen Milchshake durch einen Strohhalm. „Leider ist das da offensichtlich auch ausgebrochen."

„Und was ist das?", fragte Eddy.

„Ich kenne nur ein einziges Lebewesen, das solch ein Geräusch verursacht. Und das ist ...", Donnerstags Stimme klang furchtbar ernst, „... ein Flauschi-Wauschi-Kuschelhasi."

„Ein was?", sagte Eddy.

Millie kicherte.

„Ah, lass mich raten ... Mein QuarkQuaker hat seinen Namen in was Vertrautes, Witziges, Freundliches übersetzt, richtig?", mutmaßte Donnerstag.

„Und was Kuscheliges", sagte Millie.

„Kuschelig? Ähm ... nein, das trifft's nicht wirklich. Eher riesig, dämlich, trampelig, ja. Und gefährlich, auf jeden Fall. Dem wollt ihr wirklich nicht begegnen. Also schlage ich dringend vor, wir verschwinden durch die große Öffnung da drüben in der Wand ...", er zeigte mit einem seiner Beine darauf,

„... und verstecken uns dort, bis er wieder weg ist. Außerdem schlage ich vor, dass wir das jetzt machen. Sofort."

„Moment mal", wandte Henry ein. „Wir kennen dich doch gar nicht. Wir sollen mit einem Fremden in den dunklen Flur da reinkriechen? Hast du etwa nie Horrorfilme gesehen?"

„Eure Entscheidung", sagte Donnerstag. „Entweder ihr versteckt euch mit eurem neuen Fremdfreund, oder ihr bleibt hier und lernt diesen ... Fremden kennen." Das Schnauben kam immer näher. „Schwere Entscheidung, schon klar. Außer ihr benutzt das Gehirn, das ihr hoffentlich in euren Köpfen drin habt, und denkt mal scharf nach. Eure Entscheidung. Ich bin raus." Er schlüpfte durch die Türöffnung.

Jetzt hörte sich das Schnauben schon sehr nah an.

„Ich auch", sagte Eddy. „Komm mit." Er zog Millie an der Hand hinter sich her, und Henry folgte ihnen.

Jenseits der Tür war es ziemlich dunkel. Hier gab es keine Notbeleuchtung an der Decke, und schon nach den ersten paar Schritten wurde es so finster, dass sie keine Ahnung hatten, wohin sie da stolperten.

„Hier entlang!", ertönte Donnerstags Stimme. Die drei Menschen folgten seinem Rat und duckten sich hinter ein Ding, das wie ein riesiger Küchenschrank aussah. Hier waren sie vom Eingang aus nicht zu sehen.

„Also", sagte Donnerstag, „jeder, der auf diesem Malvalischen Kontrollschiff landet, hat seine Geschichte. Wie lautet eure?"

„Wir wurden von einem Malvalier entführt, der sich als Katze verkleidet hatte, und dann hier in den Zoo gesperrt“, erzählte Eddy.

„Zoo?“, wiederholte Donnerstag. „Du meinst wegen der Käfige? Also, es ist nicht wirklich ein Zoo. Eher so was wie ein Labor. Die Malvalier halten verschiedenste Lebewesen gefangen, um sie zu studieren. Sie wollen herausfinden, wie sie die Kontrolle über deren Gehirn übernehmen können, wenn es darangeht, deren Heimatplaneten zu plündern. Also, was habt ihr da auf eurem Planeten, was die so brennend interessiert?“

„Nur Wasser“, sagte Eddy. „Anscheinend wollen sie der Erde das ganze Wasser entziehen.“

„Wasser ist nicht einfach *nur* Wasser“, erwiderte Donnerstag. „Wasser ist was ganz Besonderes. Eine der wertvollsten Substanzen im Universum. Und davon habt ihr ganz viel?“

„Ganze Ozeane voll.“

„Soll das ein Witz sein? Das muss ja ein Vermögen wert sein! Unvorstellbar viel! Kein Wunder, dass die Malvalier scharf drauf sind. Die können das Wasser dann für horrende Summen an andere Planeten und Galaxien weiterverkaufen. Deswegen kann ich die nicht leiden. Sie sehen was, wollen es haben und grapschen es sich, egal wie viele Planeten sie dabei zerstören.“

„Wir müssen eine Nachricht zur Erde schicken, um die Menschheit zu warnen“, sagte Eddy.

„Ich will nach Hause“, sagte Millie. „Hier ist es schrecklich.“

„Mal schauen, was sich machen lässt“, sagte Donnerstag.

„Ein paar Freunde von mir und ich haben Jobs hier auf dem Schiff. Ich arbeite bei der Müllabfuhr. Da komm ich ganz schön viel rum. Und der Job ist eine gute Tarnung für das, was wir wirklich tun – nämlich die Pläne der Malvalier nach Kräften zu durchkreuzen. Jemand muss doch die ganzen Planeten retten und sich für die Leutchen einsetzen, selbst wenn diese Leutchen nur kleine tubeoide Stummel sind – hey, sollte keine Beleidigung sein."

„Kommunikations- und Übersetzungssysteme wiederhergestellt", vermeldete Ethels Stimme.

„Sie ist wieder da!", sagte Henry glücklich.

„Oh, dann müssen wir uns langsam in Bewegung setzen", sagte Donnerstag. „Bevor die Lichter wieder angehen und die Türen wieder verschlossen werden."

Plötzlich drang erschreckend nah ein Schnaufen an ihre Ohren.

„Andererseits ...", fügte Donnerstag hinzu, „... würde es unsere Überlebenschancen sehr erhöhen, hier zu warten, bis das Ding da verschwunden ist."

Wieder ein Schnauben. Noch näher. Und dann Schritte. Die direkt in ihre Richtung polterten.

„Das Ding muss am Eingang sein", flüsterte Eddy. „Schön ruhig bleiben allerseits. Und kein Wort." Er griff wieder nach Millies Hand und hielt sie fest.

Aber auf einmal war da etwas Nasses. Etwas Nasses, das auf seinem Kopf gelandet war und ihm jetzt langsam hinten in den Kragen rann. Eddy griff mit seiner freien Hand nach oben – urgs! Das Zeug war dickflüssig und pappig, wie Klebstoff. Klatsch! Ein Klecks landete auf seinem Handrücken. Was auch immer das war, es tropfte offenbar von oben auf ihn herunter. Eddy wäre gern ausgewichen, traute sich aber nicht, um keinen Lärm zu machen.

Schwere Schritte polterten auf der anderen Seite des Küchenschranks. Ein lautes Krachen, ein Ächzen, das klagende Quietschen von Metall ... Dann ein letztes Schnauben und Schnaufen, und schließlich trollte sich das Schnaubeschnaufeding wieder.

„Okay", sagte Donnerstag. „Wir warten noch kurz, um ganz sicher zu sein, dass es weg ist, dann hauen wir hier ab. Ich kenne jemanden, der uns helfen kann. Ist nicht so weit weg, aber wir werden den Wachrobotern ausweichen müssen. Die sind bestimmt längst hinter allen her, die aus den Käfigen entwischt sind. Aber ich schätze, solange es dunkel bleibt, kriegen wir das schon hin."

Und dann gingen die Lichter wieder an.

„Beleuchtungssystem wiederhergestellt", meldete Ethel.

„Typisch", sagte Henry. „Wir sind einfach Pechvögel."

Aber niemand hörte auf ihn.

Weil er auch nicht zu hören war. Nur Millie war zu hören.

Die starrte nämlich nach oben und kreischte.

„IIIIIIIIIEEEEEEEEEEHHHHHHH!"

11. Kapitel

In dem jemand schleimig ist

Eddy schaute nach oben, um zu sehen, weswegen Millie so brüllte. Und sprang sofort entsetzt zurück.

Da waren Tentakel. Zig Tentakel. Verschlungene orangefarbene Tentakel, die wie schlapper Seetang herabhingen und von denen dicker Schleim heruntertropfte. Und darüber thronte ein oranger Körper wie ein riesiger Wasserball, mit zwei langstieligen Augen, die ins Leere starrten. Das Tentakelding hing an Seilen von der Decke. Und es war nicht allein – ganze Reihen ähnlicher Lebewesen baumelten in einer Reihe, die sich quer durch den Raum zog.

„Iiiieeeeeeeeeehhhhhh!“, schrie Millie weiter.

„Hat sie einen Lautstärkeregler?“, fragte Donnerstag.

Endlich ging Millie die Puste aus.

„Schon gut“, sagte Donnerstag. „Die tun nichts. Muss ein malvalisches Körperlager sein oder so. Auf euren Planeten ist der Malvalier doch auch verkleidet gekommen – als ... Wie habt ihr das genannt, Ratte?“

„Katze“, erklärte Eddy.

„Meinetwegen. Also, dann haben sie einen Katzenkörper gebaut und das Gehirn eines malvalischen Agenten hineintransferiert. Die original Malvalierkörper werden dann hier gelagert, damit das Gehirn wieder hineinkann, sobald der Agent heil zurückgekommen ist. So wird das mit allen Agenten auf allen Fremdplaneten gemacht. Bestimmt hängt hier auch der Körper des Malvaliers, der zu eurem Planeten gesandt wurde. Vielleicht ist das sogar der direkt über uns. Aber keine Sorge – ohne Gehirn können sie uns nichts anhaben."

„Nein, nur uns vollschleimen", sagte Eddy. „Ich hab das Zeug schon überall in den Haaren und auf den Händen. Und es geht einfach nicht ab!" Er rieb die Hände aneinander. „Fühlt sich an, als würde man richtig ekelhafte, klebrige Gummihandschuhe tragen."

„Darum kümmern wir uns später, Kleiner", versprach Donnerstag. „Jetzt sollten wir uns erst mal in Bewegung setzen." Damit krabbelte er auf seinen zehn Beinen voran, um den Küchenschrank herum zu der Öffnung, durch die sie hereingekommen waren. Vor ihnen stand etwas, was bis vor Kurzem ein robuster Metalltisch gewesen war, nun aber mehr einem Schrotthaufen ähnelte.

„War das das Werk von Flauschi-Wauschi-Kuschelhasi?", fragte Eddy.

„Wie gesagt – das Ding ist riesig, dämlich, trampelig und gefähr..."

Lautes Scheppern unterbrach Donnerstags Ausführungen.

Eine große Metallplatte hatte sich vor die Tür geschoben und versperrte ihnen nun den Ausgang.

„Sicherheitssystem wiederhergestellt“, verkündete Ethel. „Alle Systeme arbeiten wieder komplett fehlerfrei.“

„Ethel, wie schön, dich wieder zu hören“, sagte Henry. „Ich hab mir schon Sorgen um dich gemacht. Aber jetzt mach bitte die Tür auf und lass uns hier raus, ja?“

„Das Körperlager ist ein Raum mit eingeschränktem Zugang“, erwiderte Ethel. „Die Tür kann nur von Mitarbeitern mit Level acht oder höher geöffnet werden. Euer Level ist null. Anfrage abgelehnt.“

„Aber diese Level-Bestimmungen gelten doch nur für den *Ein*tritt“, sagte Eddy. „Wir wollen aber *hinaus*. Genau genommen sollten wir als Level-null-Inhaber erst gar nicht hier drin sein. Du musst dafür sorgen, dass wir von hier verschwinden, statt uns hier einzusperren. Also los, mach schon auf.“

„Anfrage abgelehnt.“

„Das ist ja herrlich“, sagte Henry. „Wir entkommen aus dem Käfig, nur um dann hier eingesperrt zu werden. Und wozu das Ganze? In dem Käfig waren wir besser dran als hier. Zumindest war es da schön bequem.“

„Schaut mal da“, sagte Donnerstag. „Neben der Tür ist ein großer Knopf an der Wand. Vielleicht geht die Tür ja auf, wenn man draufdrückt?“ Er ging zu dem Knopf und drückte mit einem seiner Beine darauf.

Aber nichts passierte.

Das ist nicht gut, dachte Eddy. Wenn sie hier drin festsaßen, hatten sie keine Chance, eine Nachricht zur Erde zu schicken, von einer Heimkehr ganz zu schweigen.

„Mach schon!", rief Eddy. „Geh doch auf!"

„Level-neun-Befehl empfangen", sagte Ethel.

Es raschelte so leise wie die Wohnzimmergardinen, wenn Eddys Mutter sie zur Seite schob, um nachzusehen, was die Nachbarn schon wieder ausheckten. Eine Sekunde später glitt die Metallplatte auf.

„Alle raus!", sagte Donnerstag.

„Wartet mal", widersprach Eddy. „Wenn Ethel einen Level-neun-Befehl empfangen hat, dann heißt das, dass jemand auf dem Weg zu uns ist und hier reinwill. Wahrscheinlich jemand mit einem Haufen oranger Tentakel. Jemand, dem wir unbedingt aus dem Weg gehen sollten. Ethel, von wem kam der Level-neun-Befehl?"

„Von dir", erwiderte Ethel. „Analyse der mukosen Absonderungen bestätigt deinen Level-neun-Status. Korrigiere: *Ihren* Level-neun-Status, Sir."

„Was sind murksode Aussendungen?", fragte Millie.

„Das ist so ein Schickimicki-Wort für Rotz", erklärte Henry.

„Sie meint wohl den Schleim, den ich überall an den Händen hab", sagte Eddy. „So funktioniert das Sicherheitssystem! Ja, logisch – wenn man jederzeit den Körper wechseln kann, wäre eine Gesichtserkennung total sinnlos, und Fingerabdrücke auch." Er dachte an die orangen Tentakel der Malvalier.

„Vor allem wenn man sowieso keine Finger hat." Er dachte auch an ihre riesigen orangen Köpfe. „Und auch kein Gesicht. Okay, also ... Jedenfalls ist es das erste Mal, dass ich eine Tür mithilfe von Schleim aufkriege."

Er stürmte durch die Öffnung nach draußen.

Und krachte geradewegs gegen zwei Roboter.

Der eine war klein und gedrungen, der andere groß und schmal und stachelköpfig. Und beide hatten einige Merkmale, die Eddy merkmalig ... äh ... einmalig ... äh ... merkwürdig vorkamen. Erstens schwebten sie mehrere Zentimeter über dem Boden, zweitens hafteten ihnen etliche Lichter rund um den Körper an, die in verschiedenen Farben pulsierten. Aber das Drittens jagte Eddy die meiste Angst ein, und das waren die riesigen Waffen, die sie auf ihn gerichtet hielten. „Halt! Wachdienst!", sagte der kleinere Roboter mit einer hohen, piepsigen Stimme.

Nicht gerade eine Tonhöhe, die auf Anhieb Respekt einflößend wirkte. Aber die braucht man auch nicht unbedingt, wenn man gleichzeitig mit einer Waffe auf jemanden zielt.

„Na super", sagte Henry. „Das war ja eine kurze Freiheit. So richtig konnten wir die nicht genießen, was? Irgendwie führt das alles zu nichts. Kaum sind wir weggelaufen, werden wir wieder eingefangen."

Er ergab sich und hob die Hände. Eddy folgte seinem Beispiel.

Würden sie jetzt wieder zurück in den Käfig gesperrt werden? Oder blühte ihnen gar noch Schlimmeres?

Eddy spürte, wie ihm der Schleim von den Händen in die Ärmel sickerte, bis fast zu den Ellbogen.

Schleim.

Schleim von malvalischen Tentakeln.

Level-neun-Schleim.

Bei Ethel hatte es funktioniert. Also vielleicht ...

Eddy reckte den Robotern seine Hände entgegen.

„Oh", sagte der gedrungene sofort. „Level neun. Entschuldigung, Sir."

„In dem Körper haben wir Sie nicht sofort erkannt", fügte sein langer Kollege hinzu. „Dabei hätten wir gleich schalten sollen, Sie kommen schließlich direkt aus dem Körperlager. Sie haben also eine Mission, Sir?"

„Ja", antwortete Eddy. „Aber ich darf nicht darüber sprechen. Außerdem muss ich mich erst einmal um die ganzen Exemplare kümmern, die während des Computerausfalls entkommen sind. Ich muss sie wieder zurückschaffen, ins ... also ... da, wo sie hergekommen sind. Da drüben." Er wedelte unbestimmt mit einer Hand durch die Luft.

„Brauchen Sie Unterstützung?", bot der kleine piepsige Roboter an. „Wir sind selbst auf Patrouille unterwegs."

„Nein danke, das schaffe ich schon allein", sagte Eddy. „Die werden mir nicht viel Mühe bereiten."

„Ach, bitte!", bettelte der große Roboter mit dem Stachelkopf. „Wir würden gern helfen. Hier, ich hab was ganz Neues." Er zog eine lange Sonde aus seinem Arm heraus und pikste seinen kleinen Kollegen damit. Funken sprühten, elektrische Ladung knisterte quer über die Brust des kleineren Roboters. „Echt super, wenn man jemanden irgendwohin treiben will."

„Das hat wehgetan", sagte Piepsi. „Aber ich kann auch einiges, du Ich-hab-ein-Upgrade-Oberschlaumeier." Er holte mit einem seiner dicken Arme aus und donnerte seinem Kumpel die Faust so auf die Schulter, dass er ihm eine Delle in die Metallhaut drückte.

„Au!", rief Stachelkopf. „Super, jetzt darf ich mich wieder neu streichen lassen. Du bist doch nur neidisch!" Er versetzte seinem gedrungenen Kollegen noch einen Hieb.

„Neidisch?!", keifte der. „Worauf sollte ich denn neidisch sein? Schön, dass du deinen neuen Piks-Gimmick hast, aber gegen *das hier* kannst du trotzdem nicht anstinken." An seiner Vorderseite öffnete sich eine kleine Luke und ließ eine sirrende Kettensäge hervorschnellen.

„Ich glaube, wir gehen jetzt besser", sagte Eddy und machte einen großen Bogen um die beiden Roboter. Millie, Henry und Donnerstag folgten ihm.

Hinter ihnen stritten sich die zwei Blechkollegen immer weiter.

„Steck das weg!", rief Stachelkopf. „Kennt doch schon jeder. Laaangweiliiig!"

„Piks mich noch einmal, und ich zeig dir, wie langweilig das ist!", gab Piepsi zurück und ließ die Kettensäge noch lauter sirren.

„Autsch!"

„Autsch!"

Geschafft, dachte Eddy. *Wir sind dem Körperlager entkommen. Und den Wachrobotern.* Sie saßen zwar immer noch in einem außerirdischen Raumschiff fest, mitten im Weltall und ohne jede Idee, wie sie nach Hause kommen oder zumindest eine Warnung zur Erde schicken sollten, aber immerhin, sie machten Fortschritte.

„Und was jetzt?", fragte Millie.

„Ich habe meinen Kumpel schon angerufen", sagte Donnerstag, während sie immer mehr Abstand zwischen sich und die kämpfenden Roboter brachten. „Hab euch doch von ihm erzählt. Er erwartet uns."

„Angerufen?", fragte Eddy. „Wie denn? Wann denn?"

Donnerstag wackelte mit seinen Fühlern. „Hast du etwa gedacht, die wären nur zur Dekoration?"

Eddy schüttelte den Kopf. „Egal. Kann dein Kumpel uns helfen, von hier wegzukommen?"

„Kleiner, wenn der es nicht kann, dann kann's keiner."

„Das war jetzt aber kein richtiges Ja, oder?“, bohrte Eddy weiter. „Was, wenn der Teil mit ‚keiner‘ stimmt und wir hier nie wieder rauskönnen? Was machen wir dann?“

12. Kapitel

In dem jemand bärig ist

„Ich hab Hunger", sagte Millie, während Donnerstag seine Schützlinge immer weiter vom malvalischen Körperlager wegführte.

„Und Durst", fügte sie hinzu, als sie durch eine Öffnung in einen breiten Flur traten.

„Tut mir leid, du wirst dich noch ein Weilchen gedulden müssen", sagte Eddy. „Wir müssen erst mal von diesem Raumschiff runter."

„Und meine Füße tun weh", fuhr Millie fort, während sie den Flur entlangtrotteten. „Sind wir bald da?"

„Ja, gleich", antwortete Donnerstag, als sie an einem großen Fenster vorbeikamen, das den Blick freigab auf ...

„Ooh! Was ist das denn?", fragte Millie.

„Ein Raumschiff-Dock", erklärte Donnerstag. „Hier können kleinere Raumschiffe hinein und hinaus. Das Dock ist mit allen Hauptverkehrsadern verbunden. Und direkt daneben befindet sich ..." Er griff nach der Klinke einer Metalltür, die in die Wand eingelassen war. „Unser Ziel!"

„Was ist das?“, wiederholte Millie.

„Ein Café“, erklärte Donnerstag. „Der Laden gehört meinem Kumpel. Vorsicht, hier geht es manchmal ziemlich wuselig zu. Also bleibt immer schön cool und in meiner Nähe, dann ist alles gut.“

Er stieß die Tür auf.

Ein Schwall süßlich-schweißig riechender Luft quoll ihnen entgegen, als hätten sie eine Komposttonne aufgemacht. Der Raum war von lautstarkem Stimmengewirr erfüllt, dazu klapperte etwas, als würde jemand mit einem Blecheimer auf eine Harfe eindreschen, während er einen Rhythmus rülpste. *Wohl irgendeine Art galaktische Musik*, mutmaßte Eddy.

Sie machten einen Schritt in den Raum hinein. Sofort verstummten alle Geräusche. Der Gestank verflüchtigte sich allerdings nicht.

Der Raum war voll mit großen und kleinen Wesen aller Art. Einige krabbelten und hüpften, andere hoppelten oder glitten. Pelzige, schuppige, nackthäutige und gefiederte Kreaturen gab es da, und sogar eine, die wie ein riesiger Marshmallow auf zwei Beinen aussah.

„Was machen die denn alle hier auf dem Raumschiff?“, fragte Eddy.

„Die Arbeit“, erklärte Donnerstag. „Sie halten das Dock am Laufen. Wenn es eins gibt, was die Malvalier nicht leiden können, dann Anstrengung. Die haben sogar eine Redewendung: ‚Wenn's die Mühe wert ist, soll's ein anderer machen.‘“

„Gefällt mir“, sagte Henry. „Echt guter Leitsatz. Muss ich mir merken.“

„Kommt mit“, sagte Donnerstag und führte seine Begleiter zu einem langen Bartresen auf der anderen Seite des Raumes.

Alle Augen waren auf sie gerichtet, als sie den Laden durchquerten.

„Also, das ist echt abgefahren“, sagte Eddy.

„Nein, abgefallen“, korrigierte Donnerstag. „Hey, das war sehr unhöflich! Wem auch immer die Augen gehören, möge sie sofort wieder vom Boden aufheben und wegpacken.“

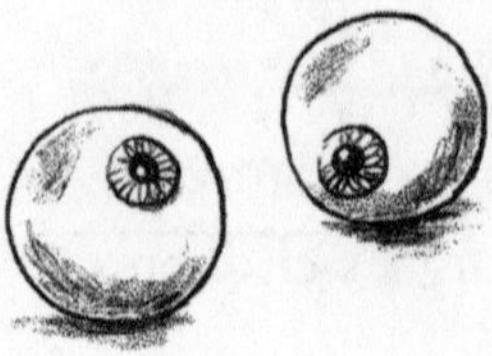

„’schulligung“, grummelte eine Stimme. Ein haariges Wesen ließ zwei lange Arme hervorschnellen, sammelte seine Augen auf und stopfte sie sich wieder in die leeren Höhlen.

„Und da ist auch schon mein Kumpel“, verkündete Donnerstag und deutete auf eine teddybärähnliche Gestalt hinter dem Tresen. „Hey! Boss!“

„Der ist ja süß!“, sagte Millie. „Kann ich mit ihm kuscheln?“

„Lasst euch nicht von seinem Äußeren täuschen“, sagte Donnerstag. „Er ist ein wilder Kerl. Muss er auch sein, um den Laden hier an so einem Spaßabend unter Kontrolle zu halten.“

„Alle mal herhören!“, rief der Boss. „Diese Leute hier sind meine Gäste. Und sie sind okay. Also, macht ihnen keinen Ärger, klar? So, und jetzt weitermachen und Spaß haben, dafür seid ihr doch hergekommen!“

Ein paar Stimmen murmelten etwas, dann wandten sich alle wieder ihrem Vergnügen zu.

„Ich hab euch Plätze frei gehalten“, sagte der Boss und deutete auf vier leere Hocker am Ende des Tresens. Die vier Neuankömmlinge setzten sich zwischen eine monstermäßige grüne Holzlaus und eine rosa Qualle von der Größe eines Kühlschranks.

„Wollt ihr was essen?“, fragte der Boss. „Geht aufs Haus.“

„Ja, bitte, ich bin am Verhungern“, sagte Millie.

„Gibt’s hier zufällig Pfannkuchen?“, fragte Henry.

„Pfannkuchen? Nie gehört“, antwortete der Boss. „Aber wir haben ganz frische Sandwürmer im Angebot. Schmecken köstlich.“

„Nein danke“, lehnte Henry ab. „Ich kann mit fremdländischen Gerichten nichts anfangen.“

„Wir essen leider keine Würmer“, fügte Eddy höflich hinzu.

„Ich schon“, sagte Millie. „Meine Freundin Sophie hat mir das nicht geglaubt, da hab ich dann fast einen halben ganzen runtergeschluckt. Würmer schmecken viel besser als Spinnen.“

Der Boss griff unter den Tresen, holte eine Schüssel hervor und pflanzte sie vor Millie hin. Der Inhalt roch nach Essig und feuchten Gummistiefeln.

„Einmal die frischen Würmer“, sagte er. „Guten Appetit.“

Die Würmer waren bleich und dick und sahen ein bisschen wie Würstchen aus. Zumindest bis sie anfingen, sich zu bewegen.

„Oh", sagte Millie. „Die sind echt toll, aber ich würde sie lieber für später aufheben."

„Was soll das alles überhaupt?", wandte sich Eddy an Donnerstag. „Ich dachte, dein Kumpel soll uns helfen zu entkommen."

„Immer mit der Ruhe", erwiderte Donnerstag. „Alles zu seiner Zeit."

Eddy schaute sich im Raum um. Überall stippten merkwürdige Wesen ihre Tentakel und Wedelarme und Saugrüssel in Schüsseln mit wuselnden Würmern oder in Gelee eingelegten Käfern, quetschten ihre Verdauungssäfte hervor und verleibten sich die nährstoffreiche Beute ein. Und alle strömten stinkige, feuchtwarme Geruchsschwaden aus.

„Mir ist gerade was eingefallen", sagte Millie, nestelte zwischen den Falten ihres rosa Prinzessinnenkleides herum und holte etwas Braunrotes, Zerquetschtes heraus. „Lecker Toast. Ist noch vom Frühstück übrig. Von gestern. Will jemand ein Stück?"

„Nein danke", sagte Eddy. Da würde er sich eher an den Würmern versuchen, als einen Toast zu essen, der über vierundzwanzig Stunden in Millies Tasche verbracht hatte.

„Dann eben nicht." Millie stopfte sich die zerdrückte Brotscheibe in den Mund.

„Also ehrlich", sagte die riesige grüne Holzlaus. „Das ist ja widerlich."

Ein zustimmendes Raunen ging durch den Raum.

„Igitt! Sie hat sich was in die Öffnung in ihrem Kopf gesteckt! Vor aller Leute Augen!“

„Wie eklig ist das denn!“

„Ich glaube, ich muss gleich alles wieder auswürgen.“

Laute Beschwerden flogen durch den Saal. Aber nicht laut genug, um den Knall einer kleinen Explosion zu übertönen und auch nicht das Krachen der Hintertür, die in einer dicken Staubwolke aus den Angeln flog und auf dem Boden landete.

„Keiner bewegt sich!“, rief ein piepsiges Stimmchen.

Die Café-Besucher erstarrten.

Zwei Roboter kamen herein, einer klein und gedrungen und mit einer verbogenen Kettensäge, die halb aus seiner verbeulten Brust herausragte, der andere größer und stachelköpfig und mit einer Sonde, die schlapp von einem seiner zerquetschten Metallarme herabbaumelte.

„Die kennen wir doch“, wandte sich Eddy an Donnerstag. „Was wollen die denn hier?“

„Abwarten“, raunte Donnerstag.

„Alle mal die Hände auf den Kopf. Schön langsam und ruhig“, befahl Piepsi.

Die Gäste des Cafés grummelten.

„Okay, wer keine Hände hat, legt seine Tentakel oder Scheren oder was auch immer auf den Kopf, ja?“

Ein einzelnes Quieken drang aus dem hinteren Bereich.

„Und wer keinen Kopf hat, legt seine Gliedmaßen dahin, wo wir sie sehen können.“

„Haben wir uns klar ausgedrückt?“, kam der größere Roboter ihm zu Hilfe. „So, sitzen jetzt alle bequem? Gut. Wir sind auf der Suche nach drei entflohenen tubeoiden Lebewesen. Wir haben einen Hinweis bekommen, dass sie sich in dieser Lokalität aufhalten könnten. Einer von ihnen behauptet, ein Level-neun-Malvalier in Verkleidung zu sein. Und wir schätzen es nicht besonders, so an der Nase herumgeführt zu werden.“

„Auch wenn wir keine Nase haben“, fügte sein kleinerer Kollege hinzu. „Ich hab von Anfang an gedacht, mit dem stimmt was nicht.“

„Na klar doch“, keifte Stachelkopf. „Du warst so misstrauisch, dass du ihn sogar um Verzeihung gebeten hast. ‚Bitte vielmals um Entschuldigung, Sir‘, das hast du doch gesagt, oder nicht? Ja, klingt wirklich sehr danach, als hättest du ihn gleich im Verdacht gehabt, du blöder Roststummel.“

„Sag das noch mal, und ich schlag dir mehr kaputt als nur deine Sonde!“

„Jemand hat ihnen anscheinend gesteckt, dass wir hier sind“, flüsterte Eddy. „‚Jetzt kommen wir bestimmt nie mehr weg von hier. Und können nicht mal die Leute auf der Erde warnen.“

„Ich hab’s gewusst. Aus dem Käfig zu fliehen war die reinste Zeitverschwendung“, sagte Henry.

„Aber ich will nach Hause“, jammerte Millie.

„Ich glaub das nicht!“ Donnerstag drehte sich zum Boss um. „Du hast uns verpfiffen!“

„Nimm's nicht persönlich", sagte der Boss. „Ich bin nur ein ehrlicher Kerl, der sich ans Gesetz hält."

„Ich hab gedacht, du wärst mein Freund!", brüllte Donnerstag. „Dabei bist du nur eine hinterlistige Ratte!"

Bevor der Boss etwas erwidern konnte, jagte ein lauter Schrei quer durch den Raum.

„Hey! Was soll das?" Eine froschähnliche Kreatur mit violettem Gesicht hielt eine große Schüssel in die Luft. „Ich hatte Fliegensuppe bestellt! Da ist aber keine einzige Fliege in meiner Suppe! Ober!"

Damit schleuderte er die Schüssel hoch. Sie flog in einem perfekten Bogen durch die Luft – und dem größeren Roboter direkt ins Gesicht. Stachelkopf wirbelte herum, halb blind von der Suppe, die ihm in die Augen tropfte.

„Wer war das?", rief er.

Und dann brach die Hölle los.

Teller, Schüsseln, Tische, Stühle und einige der kleineren Gäste wirbelten durch die Luft. Schon bald waren die zwei Roboter in einem wogenden Meer aus kämpfenden Leibern eingekeilt.

„Los, lauft!", sagte Donnerstag. „Danke, Boss. Hat super geklappt!"

„Für dich doch immer", sagte der Boss. „Außerdem ist so eine Riesenkeilerei doch was Tolles." Er stürzte sich vom Bartresen ins Getümmel.

Eddy, Millie, Henry und Donnerstag rannten durch die

zerstörte Hintertür hinaus, die direkt ins Dock führte. Ein kleines, bohnenförmiges Podul schimmerte im Licht der Deckenbeleuchtung.

„Was hat super geklappt?", fragte Eddy. „War das Ganze etwa geplant, oder wie?"

„Ja, natürlich", sagte Donnerstag. „Ich hatte dem Boss gesagt, er soll die Wachleute rufen. Und er hat den Froschtypen angewiesen, die Nummer mit der Suppe abzuziehen, sobald ich das Stichwort ‚Ratte' liefere. War doch ein klasse Timing, oder?"

„Und wie geht's jetzt weiter?", fragte Eddy.

Donnerstag deutete auf das Podul. „Wachleute kommen nie zu Fuß zu einem Noteinsatz. Diese putzige Schönheit hier ist eins ihrer besten zweimotorigen, mit allen Schikanen ausgestatteten Raumfahrzeuge. Und während die Roboter mit der kleinen Unterhaltung beschäftigt sind, die wir in Gang gebracht haben, wird es dank deines Level-neun-Status ein Kinderspiel sein, das Ding zu klauen, übers Dock das Raumschiff zu verlassen und euren Heimatplaneten anzusteuern. Also, was meinst du, wie es jetzt weitergeht?"

„Klauen ist aber nicht nett", wandte Millie ein.

„Da hast du recht, Kleine", sagte Donnerstag. „Aber ich verrate keinem was, wenn du es auch nicht tust."

„Los geht's!", sagte Eddy.

13. Kapitel

In dem jemand pupsig ist

„Und wie kommen wir in das Ding rein?“ Eddy legte eine Hand auf das Podul.

„Du lieber Himmel!“, ertönte eine aufgeregte Stimme aus dem Inneren. „Ein Level neun! Was für eine Ehre! Was kann ich für Sie tun, Sir?“

„Wir wollen mal eine Runde drehen“, sagte Eddy.

„Aber gerne doch!“ Eine große, o-förmige Öffnung tat sich im Rumpf des Poduls auf. Die Reisenden stiegen in die Dunkelheit hinein.

„Ein Level neun!“, wiederholte das Weltraumgefährt. „Ich werde Sie ganz besonders behüten und sicherstellen, dass alles genau so ist, wie Sie es wünschen. Wie finden Sie die Farbe hier drin? Die Sicherheitsleute mögen Schwarz, aber ich finde das so laaangweiiiliiig! Wollen wir mal was Fröhlicheres ausprobieren?“ Die Wände des Poduls verfärbten sich warm lila.

„Kannst du auch eine Tapete mit Ponys darauf machen?“, fragte Millie.

„Aber natürlich“, antwortete das Podul. „Ich muss nur erst

meine Datenbank durchsuchen, um zu erfahren, was ‚Ponys' ist."

„Nein, musst du nicht", widersprach Eddy. „Wir müssen los."

„Und zwar schnell", fügte Henry hinzu. „Schaut mal raus, Leute."

Eddy sah durchs Podulfenster nach draußen. Die Roboter hatten sich anscheinend aus der Keilerei befreit und kamen in großem Tempo auf sie zu.

Stachelkopf hämmerte lautstark auf das Podul ein. „Raus da! Sofort!", brüllte er.

„Er ist nur ein Level drei, also ist es Ihre Entscheidung", sagte das Podul. „Möchten Sie, dass ich ihn reinlasse?"

„Ganz bestimmt nicht", antwortete Eddy. „Flieg einfach los."

„Aber gerne doch. Wie wär's noch mit ein bisschen Entspannungsmusik vor dem Abflug?"

„Los jetzt!", wiederholte Eddy.

„Der Roboter hat eine große Waffe rausgeholt und zielt auf uns", meldete Millie.

„Möchten Sie, dass ich berechne, welchen Schaden die Waffe an meinem Rumpf anrichten würde?", bot das Podul an. „Und an Ihrem?"

„Nein!", rief Eddy. „Bitte mach schnell!"

„Sitzen Sie bequem?"

„Ja!", schrie Eddy. „Mach endlich!"

„Dann fange ich jetzt an.“

„Zu spät“, raunte Henry. „Er will ... Wow!“

Noch bevor er das „Wow“ hervorgestoßen hatte, war das Podul aus dem Dock geschossen, entfernte sich mit rasender Geschwindigkeit vom malvalischen Raumschiff und sauste tief hinein in die unendlichen Weiten des Weltalls.

Eddy schaute aus dem Fenster zu dem Raumschiff zurück, das sie soeben verlassen hatten und hinter dem mehrere riesige Kugeln aufgereiht waren, bestimmt zehn oder zwölf Stück. Irgendwie hatte er das Gefühl, die schon mal gesehen zu haben.

„Was sind das für Dinger?“, fragte er.

„Das ist die malvalische Plünder-Flotte“, erklärte Donnerstag. „Ganz vorne, das ist das Große Kontrollschiff, da waren wir drin. Dahinter Frachtschiffe, die jederzeit ladebereit sind. Dreizehn Stück – die Glückszahl der Malvalier.“

„Und der Planet, der ihnen am nächsten ist“, sagte Eddy. „Der mit den grauen und braunen Wolkensträngen drum herum. Den hab ich schon mal in meinem Buch über das Weltall gesehen. Jupiter, stimmt's?“

„Wahnsinn, dass Sie wissen, wo wir uns befinden“, sagte das Podul. „Und ich hoffe, ich darf Sie fragen, ob Sie auch Ihr Ziel kennen.“

„Planet Erde“, sagte Eddy. „So schnell wie möglich.“

„Erde?“, wiederholte das Podul. „Ich fürchte, den kenne ich nicht.“

„Die Malvalier haben einen anderen Namen dafür“, warf

Henry ein. „Für sie ist das der mindergroße Planet Cz4 ... Hm, ich kann mich nicht mehr erinnern."

„Der Planet, der der Sonne am drittnächsten ist", erklärte Eddy in Erinnerung an sein Weltallbuch.

„Die Sonne?", hakte das Podul nach. „Sie meinen den kleinen Stern inmitten dieses Systems?"

„Ganz genau den", erwiderte Eddy.

„Dann meinen Sie den mindergroßen Planeten Cz492-gamma."

„Richtig!", rief Henry. „Wie konnte ich das nur vergessen? Ethel hat das bestimmt tausendmal erwähnt. Wenn ich für jedes Mal, wenn sie den Namen gesagt hat, eine Goldmünze bekommen hätte ... Na ja, hätte mir wohl auch nichts genützt. Wofür hätte ich meinen Reichtum in dem Käfig schon ausgeben können?"

„Nur damit keine Missverständnisse entstehen", sagte das Podul. „Ist das hier unser Ziel?"

Eine riesige dreidimensionale Abbildung der Erde erschien mitten im Raum.

„Ja, genau", sagte Eddy. „Der Blaue Planet."

„Ihr stammt vom Blauen Planeten?", fragte Donnerstag. „Soll das heißen, was sich die Raumreisenden spätabends so erzählen, ist doch nicht nur ein Märchen? Wow, also ich glaub's nicht. Der Blaue Planet. Die Malvalier haben ihn tatsächlich entdeckt!"

„Ich hätte auf die Entdeckung gern verzichtet“, sagte Eddy. „Wir leben schon seit Ewigkeiten auf der Erde.“

„Ja, aber das wusste bisher doch niemand.“

„Doch, wir Menschen. Oder sind wir etwa niemand?“

„Hey, Kleiner, ich bin auf eurer Seite, schon vergessen?“, sagte Donnerstag.

„Ich habe den Kurs zu unserem Ziel berechnet“, meldete das Podul. „Wir werden in sehr kurzer Zeit dort ankommen. Ich hoffe, Sie genießen den Flug und das Schweben in der Umgebung verringerter Schwerkraft.“

Eddy spürte, wie die Motoren des Poduls leise grummelten. Er hatte nicht das Gefühl, als würden sie sich mit hoher Geschwindigkeit fortbewegen, obwohl Milliarden weißer Sterne, die den dunklen Himmel draußen sprenkelten, auf einmal zu einem regenbogenfarbigen Lichtstreifen verschwammen. Langsam schwebte Eddy aus seinem Sitz hoch.

„Uiiii!“, schrie Millie, während sie an ihm vorbeiflog und dabei mehrere Saltos schlug. „Das macht Spaß! Warum ist der Weltraum eigentlich so groß?“

„Ist einfach so“, sagte Eddy.

„Aber wie ist das alles hergekommen?“

„Keine Ahnung. Und hör bitte auf, mir diese ganzen Fragen zu stellen.“

„Okay“, sagte Millie. „Aber wieso?“

„Weil ich darüber nachdenken muss, was wir zu tun haben, sobald wir wieder auf der Erde sind.“

„Nein, musst du nicht", sagte Henry. „Hast du doch schon längst gesagt. Wir melden den Behörden den bevorstehenden Außerirdischen-Angriff und überlassen es dann ihnen, wie sie mit dem Problem umgehen."

„Ich weiß nicht, ob das so einfach wird", sagte Eddy. „Im Moment ist mir das jedenfalls alles zu viel, mir schwirrt der Kopf."

„Du brauchst ein bisschen Ablenkung", sagte Henry. „Ich zeig euch mal, was ich früher immer im Raumschiff-Zoo gemacht habe, wenn ich meinen Sorgen für ein Weilchen entfliehen wollte." Er steckte die linke Hand unter sein Hemd, klemmte sie in die rechte Achselhöhle und drückte dann seinen rechten Arm nach unten.

„Prrffppf!", prustete es quer durch den Raum.

„Oh! Pupsi!", rief Millie kichernd. „Das macht man aber nicht!"

„Pupsi!", wiederholte Henry. „Entzückend! Aber ich kann noch viel mehr." Er pumpte mit dem rechten Arm auf und ab, woraufhin die vertrauten Klänge der Nationalhymne die Luft erfüllten.

„Sehr beeindruckend", sagte Eddy.

„Ich hab zig Lieder drauf", sagte Henry. „Stundenlang, tagelang habe ich im Käfig geübt. Wochenlang, monatelang. Immer noch besser, als die Zeit sinnlos zu vergeuden, oder?"

Er ließ ein munteres Marschlied aus der Achsel erklingen.

„Ich will das auch mal versuchen", sagte Eddy. Aber er brachte keinen einzigen Ton heraus.

„Man muss die Hand auf eine bestimmte Art drunterklemmen", erklärte Henry. „Guck mal, so ..."

Und so brauste das Podul durch die endlosen Weiten des Sonnensystems, vorbei an Sternenkonstellationen, die noch nie ein Mensch zuvor gesehen hatte, an zusammenprallenden Asteroiden und der trockenen Oberfläche des Mars, und während der ganzen Zeit mühte Eddy sich ab, seiner Achselhöhle ein paar Töne zu entlocken, während Henry seine Lieblingssongs zum Besten gab. Und jede Sekunde brachte sie näher heran an die arglos ihre Bahn ziehende ...

„Erde!", schrie Donnerstag. „Das muss die Erde sein! Dieses ganze Blau!"

14. Kapitel

In dem jemand flüchtig ist

„Großes Kontrollschiff – Agent Roter Kater meldet gehorsamst: Alles verläuft nach Plan. Die Gehirnkontrolle über die Bevölkerung der Zielregion Tidemark Bay wurde erfolgreich installiert. Als Wachposten und Späher wurde Katzenpersonal angeheuert. Das Konstruktionsprojekt ist im Gange. Bericht Ende."

Ein ganz einfacher Bericht für eine bislang extrem einfache Mission, dachte Drax. Er hatte seine Nachricht mit der Kommunikationsplattform aufgezeichnet, diese wiederum hatte sie an die ganze Stadt weitergeleitet, und es hatte nur wenige Stunden gedauert, sämtliche Einwohner von Tidemark Bay zu hypnotisieren. Jetzt standen alle im Bann seiner Stimme. Ein von Anfang bis Ende glatter, problemloser Operationsverlauf, genau wie er es vorausgesehen hatte.

Auch wenn nicht alle dazugehörigen Details wie erwartet waren. Durch Beobachten der Stadt und Belauschen diverser Gespräche hatte Drax herausgefunden, dass einige der in der Missions-Datenbank gespeicherten Informationen fehlerhaft waren. Ein Teppich war zum Beispiel kein Innenraum-Rasen und ein Fahrrad kein altmodisches Folterinstrument. Und die dicken, in regelmäßigen Abständen durchlöcherten, weichen Papierrollen, die man so oft im Fernsehen gezeigt bekam, waren überhaupt nicht als Schreibunterlage gedacht, sondern dienten einem anderen Zweck, der so ekelhaft war, dass Drax sich schon beim Gedanken daran schüttelte.

Von diesen Irrtümern hatte er dem Großen Kontrollschiff natürlich nichts erzählt. Das Große Kontrollschiff mochte keine Irrtümer. Außerdem – was spielte so eine doofe Papierrolle schon für eine Rolle? Schon bald würde dieser Planet nur noch ein Haufen Staub sein. Ohne Rasen, ohne Fahrräder und ohne die Körperteile, die man mit diesem Rollpapier abwischen musste.

Von den Katzen war Drax ziemlich enttäuscht. Als Wachposten waren sie ganz gut einsetzbar. Man brauchte ihnen nur besseres Futter in Aussicht zu stellen, und ihre scharfen Augen und die scharfen Zähne gaben mit den scharfen Krallen eine gute Mischung ab. Aber sie waren so langweilige Gestalten! Sie redeten kaum etwas, und die Hälfte der wenigen Wörter, die sie von sich gaben, drehte sich nur um Nahrung. Die andere Hälfte um kleine pelzige Dinger, die wegrannten, wenn man sie scheuchte, oder kleine gefiederte Dinger, die wegflogen. Zum Gähnen.

Aber vielleicht war das sogar besser so. Wenn man in einen neuen Körper schlüpfte, bestand immer ein kleines Restrisiko, dass man auch Impulse und Instinkte des Körperinhabers empfing, die mit der Zeit die Kontrolle über einen übernahmen. Drax hatte schon von anderen Agenten gehört, dass die nicht hatten verhindern können, sich so zu benehmen wie die Kreaturen, in deren Haut sie geschlüpft waren. Dieses Problem würde er mit seinem Katzenkörper wohl nicht haben. Dafür waren Katzen schlicht zu simpel gestrickt.

Und jetzt, dachte Drax, würde er sich einfach ein bisschen strecken und sich dann zu einem kleinen Nickerchen einrollen.

„Reduziere Geschwindigkeit“, meldete das Podul. „Wir treten in die Erdatmosphäre ein. Benötige Landungskoordinaten.“

„Ich hab keine Ahnung von Koordinaten“, sagte Eddy. „Wir müssen einfach nach Tidemark Bay.“

„Und ich habe keine Ahnung von Tidemark Bay“, gab das Podul zurück. „Ich brauche Koordinaten.“

„Das ist ein kleines Städtchen an der Küste“, erklärte Eddy. „Mit ganz viel Wald drum herum.“

„Ich fürchte, das bringt uns nicht viel weiter, Sir“, sagte das Podul. „Wir müssen versuchen, das Zielgebiet einzugrenzen. Wenn Sie den Planeten so betrachten: Müssen wir zu einem der blauen Flecken oder einem der braunen Flecken?“

„Eindeutig braun“, antwortete Eddy. „Lass mich das Bild von der Erde noch mal sehen.“

„Wird gemacht." Schon erschien das dreidimensionale Modell von der Erde wieder im Raum.

„Ungefähr hier muss es sein", sagte Eddy und zeigte auf eine vertraut wirkende Küstenlinie. „Zoom mal näher ran."

Schritt für Schritt grenzte Eddy das Gebiet ein, bis sie schließlich Tidemark Bay gefunden hatten.

„Am besten landen wir außerhalb der Stadt", sagte er. „Wir wissen ja nicht, was da unten gerade vor sich geht." Er streckte seinen Zeigefinger aus. „Hier, zwischen Tidemark Bay und der Nachbarstadt Saltburn Sands, ist ein großer Wald. Kannst du uns dort heil runterbringen?"

„Ob ich das kann?", erwiderte das Podul. „Kann ein Tragalischer Hyperaffe mit den Ohren Scheckennüsse knacken?"

Eddy schwieg. Er versuchte sich gerade vorzustellen, wie ein Tragalischer Hyperaffe wohl aussah, und die anderen taten dasselbe.

„Die Antwort lautet Ja, okay? Die sind berühmt dafür", sagte das Podul nach langer Pause. „Und meine Antwort lautet ebenfalls Ja. Ich kann problemlos inmitten eines Waldes landen. Wollen Sie mal sehen?"

Durch das Fenster konnte Eddy gerade so die Küste erkennen, ein scharfer brauner Strich, der den blauen Ozean begrenzte. Während sie nach unten sausten, konnte er immer mehr einzelne Städte ausmachen, dann Straßen, dann Dächer, dann ...

„Das braune Zeug, das da unten liegt", fragte das Podul, „ist das hart oder weich?"

„Hart“, erwiderte Eddy. „Du musst abbremsen.“

Mit unverminderter Geschwindigkeit hielten sie auf die Wipfel der höchsten Bäume zu.

„Bremsen!“, schrie Eddy. „Wir sind zu schnell!“

Sie rauschten an den Baumspitzen vorbei.

„Festhalten!“, brüllte Eddy. „Das wird eine ...“

Und dann standen sie still. Ganz plötzlich und ohne jeglichen Ruck, als würde man einfach die letzte Stufe einer Treppe hinuntergehen, hatte das Sausen und Brausen aufgehört, und sie standen mitten im Wald, um sie herum nur Baumstämme und Büsche und Unterholz.

„Ich hoffe, Sie wollten nicht sagen, das wird eine Bruchlandung“, sagte das Podul. „Sonst könnte man noch denken, es wäre Ihre erste Landung gewesen.“

„Großartige Landung“, sagte Eddy. „Ich wollte sagen, das wird eine großartige Landung. Als Level neun kenne ich mich damit aus. Gut gemacht! Du hast uns genau mitten in den Wald gesetzt. Da kann man uns nicht so leicht entdecken.“

„Ach, darüber hätten wir uns nirgends Sorgen machen müssen“, gab das Podul zurück. „Ich kann doch jederzeit einen Tarnschild einschalten.“

„Ja, das wäre gut“, sagte Eddy. „Solange die Tarnung nicht in einem riesigen Fliegenpilz mit weißem Fuß besteht.“

„Ich durchsuche die Datenbank nach Tarn-Alternativen für diesen Planeten“, meldete das Podul. „Nur ein einziger Eintrag vorhanden, und zwar ... oh.“

„Ein riesiger Fliegenpilz mit weißem Fuß?“, sagte Eddy.

„War das nur geraten?“, fragte das Podul.

„Vergiss die Tarnung“, sagte Eddy. „Eine unverdeckte riesige Metallbohne sieht bestimmt immer noch weniger seltsam aus als ein riesiger Fliegenpilz. Wir müssen die Welt warnen. Also los, alle raus!“

„Alle?“, wiederholte das Podul. „Gut, wie Sie wünschen ...“

Leise summend glitt im Rumpf des Gefährts eine runde Tür auf.

Und laut krachend stürmte etwas Großes, Schweres aus dem hinteren Teil des Gefährts nach draußen.

„Oh!“, rief Millie. „Ein echter lebendiger Horrisboris!“

Eddy streckte den Kopf aus der Tür. Das Ding, das von hinten vorgeschossen war, sah tatsächlich ein bisschen so aus wie Millies Lieblingskuscheltier Horrisboris. Oder zumindest so, wie Horrisboris ausgesehen hätte, wenn er ungefähr zehnmal größer und untenrum zehnmal breiter gewesen wäre. Das Ding war nämlich so groß wie ein ganzes Footballteam im Sack, mit einem durchhängenden graublauen Körper, einem breiten roten Mund, hervorquellenden Augen und einem zerzausten Büschel orangefarbener Haare auf dem Kopf.

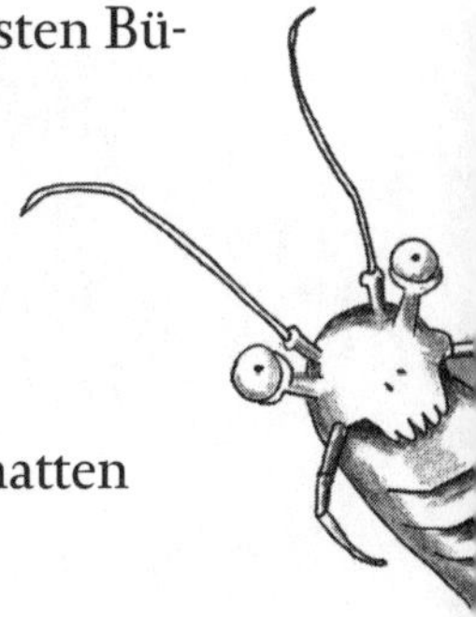

Donnerstag krabbelte auf seinen zehn Beinen durch das Podul und kam gerade rechtzeitig am Ausgang an, um noch einen Blick auf das üppige Hinterteil der Kreatur zu erhaschen, bevor diese im Schatten zwischen den Bäumen verschwand.

„Oh nein“, stöhnte er. „Bitte sagt mir, dass das nicht das war, was ich denke, dass es war.“

„Kommt drauf an, was Sie denken, was es war“, antwortete das Podul. „Die Wahrscheinlichkeit, dass Sie sich irren, ist relativ hoch, schließlich gibt es Millionen von Lebewesen, an die Sie gedacht haben könnten.“

„Ein Flauschi-Wauschi-Kuschelhasi“, sagte Donnerstag finster.

„Oh Mann!“, stieß das Podul hervor. „Wieso gewinnt heute jeder beim Ratewettbewerb?“

„Der Besitzer des gefährlichsten Hinterteils der ganzen Galaxie“, erklärte Donnerstag. „Die Kuschelhasis wollen gar nicht böse sein. Dafür sind sie auch viel zu doof. Sie setzen sich nur gern auf alles drauf und zerquetschen es.“

„Das hatte sich im Frachtraum aufgehalten“, sagte das Podul. „Die Wachroboter hatten es eingefangen, nachdem es aus dem Käfig entkommen war. Wir waren gerade dabei, es zurückzubringen, als wir den Befehl erhielten, zum Café zu eilen.“

„Und jetzt trampelt es auf der Erde herum“, sagte Eddy.

„Sie haben doch gesagt, es sollen alle raus“, sagte das Podul.

„Ich wusste ja nicht, dass so was dabei ist“, entgegnete Eddy.

Durch die offene Tür konnte man die sich entfernenden dröhnenden Schritte hören, dicht gefolgt von einem knirschenden knackenden Krachen, als das Flauschi-Wauschi-Kuschelhasi sich auf einen schmalen, hohen Busch pflanzte und ihm zu einem neuen Leben als sehr breiter, sehr niedriger Busch verhalf.

„Darum kümmern wir uns später“, entschied Eddy. „Jetzt haben wir keine Zeit dazu. Erst mal müssen wir den Planeten retten.“

15. Kapitel

In dem jemand durstig ist

Eddy verließ das Podul als Erster.

„Setz deine Mütze auf, Millie", sagte er. „Ist kalt da draußen." Damit zog er sich seine eigene Lametta-Pudelmütze über den Kopf. „Und du bleibst immer schön in der Nähe des Poduls."

„Kann ich was zu trinken haben?", fragte Millie. „Ich hab so einen Durst! Und Hunger übrigens auch."

„Tut mir leid, du wirst dich noch ein bisschen gedulden müssen", sagte Eddy.

Donnerstag trippelte auf seinen zehn Beinen über die Lichtung und besah sich seine neue Umgebung.

„Das ist also der Planet, den wir retten sollen", sagte er.

„In der Tat, das ist er. Unser Zuhause", erwiderte Henry. Ganz stumm stand er da zwischen den Bäumen und atmete gierig die Luft ein. Die tief stehende Wintersonne verwandelte seinen Atem in weiße Dampfwolken. „Es ist so lange her ... Die ganzen Jahre, die ich eingesperrt war ... Wisst ihr, ich hätte nie gedacht, dass ich die Erde je wiedersehe."

Er kniete sich hin, fuhr mit einer Hand durch den lockeren Waldboden, ließ die Mischung aus abgefallenen Blättern, Kiefernnadeln und feuchter Erde zwischen den Fingern durchrieseln.

„Oh, jetzt sind meine Hände ganz dreckig“, sagte er. „Ich hatte völlig vergessen, wie schmutzig so ein Boden ist. Und wie feucht. Meine Hose ist an den Knien ganz durchweicht.“

„Wenn es nach den Malvaliern geht, wird es hier bald staubtrocken und tot sein“, entgegnete Eddy. „Wir müssen die Leute dringend warnen.“

Er griff in seine Jackentasche und holte sein Handy heraus.

„Und jetzt, wo wir wieder auf der Erde sind, können wir das auch endlich tun. Hm. Wenn ich wieder Empfang habe.“ Er entfernte sich ein Stück weit vom Podul, hielt das Handy hoch und schaute auf das Display. „Ah, schon besser.“

„Wen willst du denn anrufen?“, erkundigte sich Donnerstag.

„Die Telefonauskunft, die haben da eine Liste mit den Nummern von allen Menschen“, erklärte Eddy. „Die können mir bestimmt sagen, an wen ich mich wenden muss.“

Er tippte mehrere Zahlen ein, wobei er mit den klebrigen Fingern Spuren von außerirdischem Schleim auf der Tastatur hinterließ. Es klingelte kurz am anderen Ende, dann ...

„Telefonauskunft. Was kann ich für Sie tun?“

„Hallo, ich muss bitte dringend mit einem Verantwortlichen sprechen.“

„Dann müssen Sie in einer halben Stunde noch mal anrufen.“ Die Stimme knisterte in Eddys Ohr. „Meine Vorgesetzte ist gerade in der Mittagspause.“

„Nein, ich meine nicht Ihre Vorgesetzte“, sagte Eddy. „Ich muss mit jemandem sprechen, der für das ganze Land verantwortlich ist.“

„Ich bräuchte schon einen konkreten Namen, bitte.“

„Die Regierung. Der Militärgeneral. Der Chef der Flugsicherung. Keine Ahnung“, sagte Eddy. „Wen muss man denn warnen, wenn eine Außerirdischen-Invasion im Anmarsch ist und das ganze Wasser des Planeten stehlen will?“

„Eine Außerirdischen-Invasion?“, echote die Stimme.

„Ja! Ich muss das unbedingt melden.“

„Dann sollten Sie wohl am besten mit der Hotline für Außerirdischen-Invasionen sprechen. Moment, ich suche nur schnell die Nummer raus.“

„Echt jetzt?“, fragte Eddy. „Es gibt dafür eine eigene Hotline?“

„Nein!“, sagte die Stimme. „Natürlich nicht. Das ist ja wohl ein Scherzanruf, nicht wahr? Nehmen Sie das gerade auf? Damit Sie es irgendwo im Radio abspielen und mich wie einen Vollhonk aussehen lassen können?“

„Nein“, antwortete Eddy.

„Soll ich Ihnen sonst noch eine Nummer raussuchen, wenn ich schon mal dabei bin? Vielleicht Frau Anna Conda vom Schlangenhaus im Zoo? Oder ihre Freunde Ken Guru und Ellie Phant? Solche Scherze finden die Leute auch immer wieder witzig."

„Sie verstehen nicht ...", setzte Eddy an.

Aber plötzlich war die Leitung tot.

„Sie hat aufgelegt", sagte Eddy.

„Wundert dich das?", fragte Henry. „Außerirdische, die uns das Wasser klauen wollen. Ehrlich, das klingt selbst für mich an den Haaren herbeigezogen, und *ich* weiß, dass es stimmt."

„Der Notruf!", sagte Eddy. „Die müssen doch was tun!" Er hackte wieder auf sein Handy ein.

„Notrufzentrale", meldete sich eine Männerstimme, kaum dass es ein Mal geklingelt hatte. „Welchen Notdienst möchten Sie sprechen?"

„Am besten alle", sagte Eddy.

„Ich kann Sie aber nur mit einem verbinden", sagte die Stimme. „Jetzt beruhigen Sie sich erst mal und sagen mir, welcher Notfall vorliegt."

„Es geht um Außerirdische", sagte Eddy.

„Du solltest dich was schämen, junger Mann!", schimpfte die Stimme. „Da draußen gibt's Leute mit echten Problemen, und du blockierst hier die Leitung und vergeudest meine Zeit mit so einem Unsinn. Sind deine Eltern da?"

„Ach, vergessen Sie's", sagte Eddy und beendete die Verbindung.

„Was ist denn los?", fragte Millie und kam zu ihm.

„Die wollen mir alle nicht zuhören", sagte Eddy.

„Wenn mir keiner zuhören will, dann hilft es manchmal, wenn ich mich auf den Boden schmeiße und ganz laut schreie. Dann überlegen sie es sich ganz schnell anders“, meinte Millie.

„Das wird hier nicht funktionieren“, sagte Eddy. „Wir müssen Beweise auftreiben, mit denen wir die Leute überzeugen können. Lasst uns nach Tidemark Bay gehen, vielleicht ist da ja irgendwas im Gange. Vielleicht können wir ja irgendjemanden fotografieren und ... Moment, was hast du da in der Hand?“

„Nichts.“ Millie versteckte ihre Hände hinter dem Rücken.

„Zeig's mir“, drängte Eddy.

Millie reckte ihm die Hände entgegen. Sie waren leer.

„Siehst du? Hab ich doch gesagt.“

„Hey, dir ist da was runtergefallen“, sagte Donnerstag und hob einen kleinen weißen Zylinder mit Metalldeckel hoch.

„Wo hast du das her?“, fragte Eddy.

„Hab ich gefunden“, erzählte Millie. „Ganz hinten im Podul. Ich bin hingegangen, weil ich gucken wollte, ob da noch mehr so große lebendige Kuscheltiere sind, aber da war nichts. Nur das hier.“

„Also, das könnte sich als sehr hilfreich erweisen“, sagte Donnerstag.

„Wieso? Was ist denn drin?“, fragte Eddy.

„Nicht was, sondern wer“, erklärte Donnerstag. „Siehst du die Markierungen auf dem Deckel? Da steht ein Name, Professor Blubblubblabblubblubblubblab. Das ist ein Luftkissenfahrzeug für ein Liquoid.“

„Ein was?", fragte Eddy.

„Ein Liquoid ist ein Lebewesen, dessen Körper komplett aus einer klaren Flüssigkeit besteht. Sie stammen vom flüssigen Planeten Pluup und verfügen über die genialsten Gehirne in der ganzen Galaxie. Deswegen werden sie von den Malvaliern oft entführt und dazu gezwungen, neue Ideen und Erfindungen zu entwickeln. Ich hab im Raumschiff schon mal ein paar Liquoide kennengelernt, die haben mir erzählt, wie sehr sie die Malvalier hassen. Dieser Professor muss versucht haben, mit dem Luftkissenfahrzeug abzuhauen, als das Computersystem außer Betrieb war, aber offenbar haben ihn die Wachroboter erwischt. Ich gehe sehr stark davon aus, dass er uns nur zu gerne helfen wird."

Er schraubte den Deckel des Zylinders ab. „Hey, Professor ... Oh, ist leer."

„Ich hab das nicht ausgetrunken", sagte eine vertraute kleine Stimme. „Aber was würde passieren, wenn das jemand tun würde?"

16. Kapitel

In dem jemand im Recht ist

„Wie geht's dir?", fragte Eddy.

„Mein Kopf fühlt sich ein bisschen ... huuuu an", sagte Millie.

„Ich hoffe, du wirst nicht krank. Hat dir denn keiner beigebracht, dass man nichts trinken darf, wo man nicht weiß, was drin ist?", schimpfte Eddy.

„Oder wer drin ist", fügte Donnerstag hinzu.

„Ich hab doch gesagt, ich hab Durst", sagte Millie. „Außerdem hat das ganz normal nach Wasser geschmeckt."

„Um den Professor tut's mir echt leid", sagte Donnerstag. „Was für ein schrecklicher Tod – von einem tubeoiden Wesen verschlungen zu werden. Sehr widerwärtig. Sorry, dass ich das so sagen muss."

Sie hatten inzwischen beinahe das Ortseingangsschild von Tidemark Bay erreicht. Ein kalter Wind blies ihnen den Nieselregen ins Gesicht. Eddy, Millie und Henry liefen auf dem Gehsteig, während Donnerstag sich lieber durch das hohe Gras im Straßengraben kämpfte, um die Menschen nicht in Angst und Schrecken zu versetzen. Das würden sie erst tun, wenn sie Beweise dafür hatten, dass Außerirdische direkt vor ihrer Tür einen mörderischen Plan ausheckten.

Mit sirrenden Reifen und einem fröhlichen Klingeln kam ein Radfahrer angeschossen.

„Wunderbarer Tag, nicht wahr?", rief er im Vorbeifahren. „Und alles so schön normal."

„Das nennen Sie wunderbar?", gab Eddy zurück. „Es ist eiskalt und nass und schrecklich!" Aber da war der Mann schon hinter der nächsten Biegung verschwunden. „Das war ja seltsam", raunte Eddy. „Und wieso hat er so betont, dass alles schön normal ist?"

„Weil das stimmt. Alles ist schön normal, und es ist ein wunderbarer Tag", sagte Henry.

„Okay, stopp", sagte Eddy. „Das war jetzt doppelt seltsam. Erstens, weil du dich noch vor wenigen Minuten im Wald darüber beschwert hast, wie schrecklich nass und kalt es ist. Und zweitens, weil es das allererste Mal ist, dass ich dich was Positives habe sagen hören. Also, was geht hier ab?"

„Ich meine ja nur", sagte Henry.

„Ich hätte da so eine Theorie ...", meldete sich Donnerstag und reckte den Kopf aus dem hohen Gras. „Hey, Henry, hörst du eine Stimme in deinem Kopf?"

„Ja", antwortete Henry. „Ich meine, nein. Alles ist schön normal."

„Sieht so aus, als hätte eure Malvalische Katze die Operation schon längst in Gang gesetzt“, sagte Donnerstag. „Das läuft immer nach demselben dreistufigen Muster ab. Wir nennen es die 3B-Strategie. Stufe eins: Nachahmung. Stufe zwei: Hypnose. Stufe drei: Stehlen.“

„Aber wieso denn 3B-Strategie?“, hakte Eddy nach. „Keins der drei Wörter enthält auch nur ein einziges B.“

„Okay, dann ist bei der Übersetzung wohl was schiefgelaufen“, sagte Donnerstag. „Dafür funktioniert die Strategie immer perfekt. Zuerst taucht ein Malvalier auf, getarnt als ein Lebewesen, das seinen natürlichen Lebensraum auf dem Zielplaneten hat. In diesem Fall: als Katze. Das ist Nachahmung. Dann folgt die Hypnose. Der Malvalier spricht eine Nachricht auf seine Kommunikationsplattform, und seine Stimme wird direkt in die Gehirne der ortsansässigen Bevölkerung übertragen. Jeder, der sich innerhalb seiner Reichweite aufhält, wird davon erfasst. Und dann bringt der Malvalier alle dazu, das zu tun, was getan werden muss – Bauen, Graben, Sachen in die Luft sprengen, was auch immer. Jeder tut, was ihm befohlen wird, ohne es zu hinterfragen, und jeder denkt, alles ist wunderbar normal. Und genau das passiert jetzt gerade in eurer Stadt.“

„Das heißt, Henry wurde hypnotisiert?“, fragte Eddy.

„Noch nicht ganz, Kleiner“, erwiderte Donnerstag. „Das dauert eine Weile. Aber genau das ist das Fiese daran. Der Malvalier muss verhindern, dass jemand seinen Plan an Außenstehende verrät. Das heißt, wer zum Beispiel als Besucher in die

Stadt kommt, wie dieser komische Typ auf dem komischen Räderding, den wir gerade getroffen haben, kriegt eine Nachricht in den Kopf gepflanzt: Es ist ein wunderbarer Tag, und alles ist ganz normal. Dann vergisst derjenige alles, was er in der Stadt gesehen hat, und auf Nachfrage sagt er nur, wunderbarer Tag, alles schön normal. Auf diese Weise erfährt nie jemand auf dem Planeten, was los ist – bis zu Stufe drei: Stehlen."

„Und dann ist es sowieso zu spät, um die Malvalier noch daran zu hindern", schlussfolgerte Eddy.

„Ganz genau. Zum Glück kann die Stimme mir nichts anhaben." Er tippte sich mit einem seiner Vorderbeine an den Kopf. „Ich hab den dicksten, glattesten Schädel im ganzen hiesigen Quadranten der Galaxie. An dem prallen alle Hypnosenachrichten einfach ab. Aber was ich nicht verstehe – warum dringen die zu euch Kindern nicht durch?"

„Keine Ahnung", sagte Eddy. „Ich höre jedenfalls keine Stimme. Ah, Moment mal. Ich glaube, ich hab's. Das muss an unseren Mützen liegen. Die hat meine Tante gestrickt. Mir ist schon mal aufgefallen, dass Millie die Stimme der Katze nicht hören konnte, als sie die Mütze aufhatte."

„Zeig mal her", sagte Donnerstag.

Eddy beugte sich hinunter, damit Donnerstag die Pudelmütze in Augenschein nehmen konnte.

„Aha! Wow. Wieso kennt sich deine Tante mit Signalunterbrechungstechnologien aus?"

„Mit was?"

„Das glänzende Zeug da“, sagte Donnerstag. „Die schmalen Streifen brechen das Signal und machen es unwirksam. So kann man euch nicht hypnotisieren.“

„Das ist Lametta“, sagte Eddy. „Das hängen wir zu dieser Jahreszeit immer an den Tannenbaum.“

„Wozu soll das denn gut sein?“, wunderte sich Donnerstag. „Wer sollte denn versuchen, Tannenbäume zu hypnotisieren?“

„Wunderbarer Tag“, sagte Henry. „Alles schön normal.“

„Ich muss ihn dringend von hier wegbringen“, sagte Donnerstag. „Wenn er lange genug bleibt, dass die Hypnose ihre volle Kraft entfaltet, wird ihm das ganze Lametta der Welt nicht mehr helfen können. Ist sowieso besser, wenn ich nicht in die Stadt reingehe. Wenn der malvalische Kater mich sieht, weiß er sofort, dass irgendwas nicht stimmt. Henry und ich warten dann im Podul auf euch. Ihr tut hier, was getan werden muss. Viel Glück, ihr beiden!“

Und genau in diesem Augenblick fielen ihnen die Katzen auf. Vier von ihnen saßen neben dem Ortsschild, zwei weitere oben drauf. Sie beobachteten die vier Freunde, Kopf und Schwanz waren stolz erhoben.

„Donnerstag, diese Katzen ...“, sagte Eddy. „Die sehen aus, als würden sie uns überwachen. Könnten das auch verkleidete Malvalier sein?“

„Nein. Es wird immer nur ein malvalischer Agent ausgesandt. Mehr brauchen sie nicht. Aber es kann gut sein, dass er auch die Katzen hier mit seinem Hypnosebann belegt hat.

Also, hütet euch vor ihnen. Und nicht vergessen – immer schön die Mützen aufbehalten, wenn ihr nicht in hirnverseuchte Hypnosesklaven verwandelt werden wollt."

„Wunderbarer Tag", sagte Henry.

„Jaja", erwiderte Donnerstag. „Jetzt komm mit, Kumpel. Ich schaff dich hier raus, damit du wieder einen klaren Kopf bekommst." Damit bugsierte er Henry zurück in Richtung des Poduls.

Millie lächelte die Katzen an, die am Straßenrand standen. „Süße Maunzis, darf ich die mal streicheln?"

Eine nach der anderen bleckten die Katzen die Zähne, machten einen Buckel und fauchten.

„Doch keine süßen Maunzis", sagte Eddy.

Ein schwarz-weißer Kater sah aus, als würde er die beiden mit zugekniffenen Augen anfunkeln. Das lag zum einen daran, dass seine Gesichtszeichnung das so aussehen ließ, und zum anderen, dass er sie wirklich mit zugekniffenen Augen anfunkelte.

„Ich glaube, die wollen uns nicht vorbeilassen", sagte Eddy.

Der schwarz-weiße Kater setzte sich hin, hob eine Vorderpfote und ließ eine Reihe perlweißer, messerscharfer Krallen hervorschnellen.

„Vielleicht brauchen wir ein Passwort", sagte Millie.

„Aber Katzen können doch nicht sprechen, was sollte das für ein Passwort sein?"

„Miau vielleicht?", schlug Millie vor.

„Hm. Zumindest bringt mich das auf eine Idee." Eddy machte ein paar Schritte auf die Katzen zu. Der schwarz-weiße Kater fauchte bedrohlich.

„Wunderbarer Tag", sagte Eddy. Die Ohrspitzen des Katers zitterten. „Und alles so schön normal."

Der Kater zog die Krallen wieder ein, und alle Katzen wichen zurück, sodass Eddy und Millie zwischen ihnen durchgehen konnten.

„Also gab es doch ein Passwort", sagte Millie. „Ich hatte also recht, stimmt's? Gib's zu! Na los, gib's zu!"

„Du hattest recht", sagte Eddy.

„Danke. Geht doch. Wunderbarer Tag!" Da meldete sich ihr Magen mit lautem Gegrummel. „Ich brauch was zu essen. Jetzt sofort!"

„Okay, wir gehen zu uns nach Hause", sagte Eddy. „Da gibt's bestimmt was zu essen. Und wenn wir schon mal da sind, können wir auch gleich ein paar Sachen mitnehmen."

Außerdem spekulierte er darauf, Millie bei ihren Eltern abgeben zu können. Die Welt zu retten würde bestimmt um einiges einfacher sein, wenn sie nicht ständig an seinem Rockzipfel hing.

„Halte unterwegs immer schön Augen und Ohren offen", sagte er.

„Wonach denn?"

„Keine Ahnung. Nach allem, was nicht normal ist. Und nicht wunderbar."

17. Kapitel

In dem jemand enttäuscht ist

Tidemark Bay sah so aus wie immer. Die gleichen Gebäude. Die gleichen Straßen. Die gleichen Möwen, die kreischend durch die gleiche Luft segelten. Aber als Eddy und Millie durch die Stadt liefen, war ihnen, als würde etwas fehlen – so als ob man ein Glas Orangensaft trinken würde, der mit zu viel Wasser gestreckt wurde.

Die Menschen – ja, das war's. Niemand sah Eddy und Millie in die Augen. Niemand rief etwas oder regte sich auf oder beschwerte sich. Niemand war aufgebracht, aufgewühlt oder außer sich. Alle gingen ruhig, gelassen und kaum ein Wort sprechend ihrer Arbeit

nach. Selbst als ein Mann an der Bordsteinkante stolperte und ihm der Eierkarton, den er in den Händen hielt, auf die Füße knallte, wobei die meisten Eier zerbrachen (und vielleicht sogar ein paar Zehen), klaubte er nur die wenigen heil gebliebenen Eier zusammen, sagte: „Wunderbarer Tag!“, und hinkte von dannen.

„Die sehen alle aus, als würden sie schlafwandeln“, sagte Eddy. *Oder als wären sie tot,* fügte er in Gedanken hinzu.

Woran es in Tidemark Bay eindeutig nicht mangelte, waren Katzen. Wohin man auch schaute, überall hockten sie zu Dutzenden zusammen, kauerten auf Briefkästen, stolzierten über Bushaltestellendächer, schärften ihre Krallen an Baumstäm-

men, jaulten einander vom Dach geparkter Autos an oder wirkten allgemein so, als wären sie die Herrscher über die Stadt. Und ausnahmslos alle beäugten Eddy und Millie misstrauisch, als diese die Straße entlanggingen.

„Meinst du, Mummy und Daddy sind da?", fragte Millie, als sie sich Eddys Zuhause näherten.

„Weiß ich nicht", sagte Eddy und hoffte, dass sie es nicht waren. Denn Millie würde bestimmt erwarten, dass sie dann geherzt und geknuddelt wurde, und das würde wohl eher nicht passieren, wenn ihre Eltern genauso hypnotisiert und belämmert waren wie alle anderen in der Stadt. Eddy machte sich Sorgen, dass Millie dann ganz traurig wäre, und vor lauter Sorgen um seine Cousine dachte er gar nicht darüber nach, wie es ihm gehen würde, wenn seine Eltern sich auch so verhalten würden.

„Grrrmpf!", machte Millies Magen, als sie auf die Haustür zuhielten. „Brrrruumppf!"

„Alles klar?", fragte Eddy. „Jetzt, nachdem du dieses Liquoidzeugs getrunken hast, müssen wir dich echt im Auge behalten."

„Ich hab nur Hunger", sagte Millie. „Und mein Bauch auch."

Eddy schloss die Tür auf. „Hallo!", rief er ins Haus hinein. Keine Antwort.

„Essen!", schrie Millie und schob sich an ihm vorbei in Richtung Küche.

„Warum sind die Schränke voller Katzenfutter?“, rief sie nur wenige Sekunden später. „Überall stapelweise Dosen und Schachteln und Schalen, alles nur Katzenfutter.“

„Keine Ahnung“, sagte Eddy und folgte ihr in die Küche. Tatsächlich, in den Schränken war nichts außer Katzenfutter zu finden. „Ich schaue mal in den Kühlschrank.“

Ja, darin sah es schon besser aus. Brathähnchen. Nicht eins. Nicht zwei, nicht drei, nicht vier, nicht fünf. Nein, sechs. Sechs Brathähnchen.

„Du kannst ja mal mit einem von denen anfangen“, sagte Eddy. „Und ich bringe Henry und Donnerstag was davon, die werden sicher auch Hunger haben. Ich muss nur schnell meinen Rucksack holen.“

Er hatte seinen Rucksack gerade unter der Treppe gefunden, als er hörte, wie sich in der Haustür ein Schlüssel drehte. Einen Augenblick später kam seine Mutter herein.

„Was für ein wunderbarer Tag“, sagte sie. „Alles so schön normal.“ Ohne Eddy einen Blick zu gönnen, stapfte sie an ihm vorbei in die Küche.

Sie wurde genauso hypnotisiert wie alle anderen, dachte Eddy. Und jetzt brauchte er sich keine Gedanken mehr zu machen, wie er sich fühlen würde, wenn seine Eltern unter dem Bann standen. Jetzt wusste er es. Er fühlte sich schrecklich.

Als Eddys Mutter die Küche betrat, hielt Millie gerade in jeder Hand einen halb abgeknabberten Hähnchenschenkel, der Rest des Huhns lag vor ihr auf dem Tisch.

„Das darfst du nicht essen", sagte Eddys Mum und griff nach dem Brathähnchen. „Das ist nicht normal. Das Huhn ist nur für die Katzen."

„Meins!", schrie Millie, ließ einen Schenkel fallen und schnappte sich das Huhn mit der frei gewordenen Hand. Sofort riss der Vogel in zwei Hälften und krachte zu Boden, sodass Fleischfetzen nach allen Seiten flogen.

Eddys Mutter bückte sich, um das zersprengte Huhn wieder aufzuheben. Da klopfte es an der Tür.

„Das sind bestimmt die anderen!", sagte Eddys Mum. „Ist ja auch normal." Sie ging zum Eingang, um sie hereinzulassen. „Und überlass das Brathähnchen den Katzen!", rief sie über die Schulter zurück.

„Schnell!", flüsterte Eddy Millie zu. „Über die restlichen fünf Hähnchen im Kühlschrank hat sie schließlich nichts gesagt. Lass uns ein paar in meinen Rucksack stopfen, solange sie nicht hersieht." Sie hatten es gerade geschafft, die Vögel reinzuzwängen und den Reißverschluss zuzumachen, als schon die ganze Familie in die Küche gestürmt kam.

„Wunderbarer Tag", sagte Eddys Vater.

„Ja, wunderbar", gaben Tante Maureen und Onkel Ken ihm recht.

Mit weit ausgestreckten Armen rannte Millie auf ihre Eltern zu.

„Mummy!", heulte sie. „Ich hab dich so vermisst, als ich im Weltall war! Das war ganz schrecklich da!"

„Wovon redest du überhaupt, Liebes?“ Ihre Mutter wehrte die Umarmung ab. „Weltall, also wirklich. Hier ist alles völlig normal.“

„Daddy!“ Millie wandte sich an ihren Vater. „Hast du mich vermisst?“

„Sei nicht albern, Millie“, gab Onkel Ken zurück. „Wir waren doch nur ein paar Stunden weg, um an dem Projekt zu arbeiten.“

Das Projekt. Eddy spitzte sofort die Ohren. Er hatte zwar keine Ahnung, von welchem Projekt sie redeten, aber er war sich sicher, dass es etwas mit dem malvalischen Plan zu tun hatte. Wenn er und Millie so lange hierblieben, bis ihre Eltern wieder zur Arbeit gingen, würden die Erwachsenen sie bestimmt dahin führen, wo an der Ausführung des Plans gearbeitet wurde.

„Aber wir waren doch ganz lange weg“, jaulte Millie. „Und es war schrecklich.“

„Unsinn“, sagte ihr Vater. „Es ist ein wunderbarer Tag. Daran kann nichts schrecklich sein.“

„Aufhören!“, schrie Millie. In ihren Augen glitzerten Tränen. „Das gefällt mir nicht!“

„Sie sind hypnotisiert worden“, flüsterte Eddy ihr leise zu. „Wie alle anderen Leute in Tidemark Bay auch.“

Millie stürzte aus dem Zimmer. Schon nach kurzer Zeit kam sie wieder zurück, in der Hand einen Strang Lametta, den sie vom Weihnachtsbaum geklaubt hatte. Sie stieg auf einen Stuhl und wickelte ihrem Vater das Lametta um den Kopf.

„So, und jetzt hörst du auf, hypopotisiert zu sein, und bist wieder du", sagte sie. „Erzähl mir was Lustiges."

„Keine Zeit", sagte ihr Vater.

„Aber du erzählst doch sonst immer Witze!"

„Ich fürchte, das mit dem Lametta funktioniert nicht", sagte Eddy. „Weißt du nicht mehr, Donnerstag hat doch gesagt, sobald jemand unter dem Bann steht, reicht Lametta nicht mehr aus, um den Bann zu brechen."

„Wunderbare Mütze hast du da", sagte Tante Maureen.

„Glänzt so wunderbar", fügte Eddys Mutter hinzu.

„Wirklich wunderbar", sagte Onkel Ken.

„Werden sie irgendwann wieder gesund?", fragte Millie.

Ich weiß es nicht, dachte Eddy.

„Ganz bestimmt", sagte er. „Wart's nur ab."

Eines stand jedenfalls fest: Millie konnte er nicht hier zurücklassen. Er würde sie weiter an der Backe kleben haben. Als wäre es für einen Jungen nicht schon genug Verantwortung, die Welt retten zu müssen.

18. Kapitel

In dem jemand argwöhnisch ist

„So, jetzt alle mal setzen. Wir essen“, sagte Eddys Mum. Sie nahm drei Teller aus einem Geschirrschrank, stellte sie auf die Tischplatte, packte ein ganzes Hühnchen auf den mittleren Teller und je eine Hälfte des verunglückten Vogels auf die beiden anderen.

„Ich möchte was vom mittleren Teller, bitte“, sagte Millie. Aber keiner der Erwachsenen erwiderte etwas.

Eddys Vater verteilte sechs Gabeln, während seine Frau sechs Dosen Katzenfutter aus dem Küchenschrank holte.

„Jeder kriegt eine, bitte bedient euch“, verkündete sie.

„Das esse ich nicht“, sagte Eddy.

„Stell dich nicht so an, Schätzchen“, sagte seine Mutter. „Das essen wir doch immer, ist doch ganz normal. Na los, hau rein.“

Gierig rissen die Erwachsenen die Deckel von ihren Dosen und tauchten ihre Gabeln tief in den Inhalt ein. Eddys Vater hebelte einen blassbraunen Klumpen heraus und stopfte ihn sich in den Mund.

„Wunderbar“, schmatzte er.

„Und so wunderbar saftig“, fügte seine Frau hinzu.

Millie saß mit verschränkten Armen da und starrte auf die Dose vor sich.

„Komm schon, Prinzessin“, sagte Onkel Ken. „Du musst doch was essen. Hast du denn gar keinen Hunger?“

„Ich sterbe fast vor Hunger“, sagte Millie. „Aber das ist doch kein richtiges Essen. Lieber esse ich Sandwürmer, danke schön.“

„Jetzt sei nicht so wählerisch“, sagte ihr Vater. „Das schmeckt köstlich. Guck.“ Er steckte sich eine Gabel voll in den Mund und brummte wohlig und übertrieben laut.

„Igitt!“, sagte Millie.

„Ich werde nicht zulassen, dass du das gute Essen verkommen lässt, junge Dame“, sagte Onkel Ken. „Wenn du nicht freiwillig isst, werden wir es wieder so machen müssen wie damals, als du noch ganz klein warst.“ Er tunkte eine Gabel in Millies Futterdose und fischte einen schmierig glänzenden Brocken heraus. „Der Zug kommt!“, sagte er und führte die Gabel an Millies Mund heran. „Und er will in den Tunnel!“

„Nein!“, rief Millie. „Der Tunnel ist über die Weihnachtsferien gesperrt.“ Sie presste die Lippen fest aufeinander.

„Du verpasst echt was“, sagte ihre Mutter. „Das schmeckt wirklich wunderbar.“

„Und beschwer dich nicht, wenn du nachher wieder Hunger hast“, fügte Onkel Ken hinzu.

Zwei fies aussehende Katzen sprangen auf das Tischende, wo die drei Teller mit Hühnchen standen. Beiden sah man an, dass sie sich nie vor einer kätzischen Keilerei drückten. Der eine Kater hatte ein zerfetztes Ohr, der andere einen vernarbten kahlen Fleck über einem Auge.

„Hey! Runter da!“, rief Eddy und scheuchte sie weg. „Ihr habt da nichts zu suchen.“

„Was soll das denn, Eddy?“, ging sein Vater dazwischen. „Natürlich dürfen sie hier rein und auf den Tisch. Wir haben ihnen doch extra die Haustür offen gelassen. Hört nicht auf ihn“, wandte er sich an die zwei Katzen. „Lasst es euch schmecken.“

Die Katzen starrten Eddy an, die Augen zu giftgelben Schlitzen zusammengekniffen, dann machten sie sich hungrig über die Teller mit zerfetztem Hühnchen her.

„Das ist ungerecht“, beschwerte sich Millie. „Warum kriegen die Hähnchen? Ich will auch Hähnchen. Von dem Teller da.“ Sie zeigte auf den mittleren Teller.

„Unsinn, das kannst du nicht haben“, sagte ihre Mutter. „Das ist für den Roten Kater reserviert.“

Wie aufs Stichwort sprang plötzlich ein roter Kater auf den Tisch, direkt neben seinen Teller. Er schlitterte quer über die polierte Tischplatte und kam schließlich direkt vor Eddy zum Stehen.

Eddy starrte ihn an.

Das Blöde ist, dass Katzen sich so ähneln, dachte Eddy. *Okay, sie haben verschiedene Fellfarben, aber abgesehen davon sehen sie doch alle echt ziemlich ähnlich aus.*

Und dieser Kater sah Drax G'varglestarg verflixt ähnlich.

War er es wirklich?

War er wieder in das Haus zurückgekehrt, in dem alles angefangen hatte? In Begleitung zweier vernarbter Bodyguards und mit einem ganzen Brathähnchen für sich allein vor der Nase?

Irgendwie ergab alles auf einmal einen Sinn.

Der Rote Kater, der natürlich der Malvalier Drax G'varglestarg in Katzenverkleidung war, schaute zwischen Eddy und Millie hin und her. Lustigerweise schwirrten ihm genau die gleichen Gedanken durch den Kopf wie Eddy. Menschen waren echt schwer auseinanderzuhalten, aber diese beiden hatten schon sehr viel Ähnlichkeit mit den zweien, die er ins Podul verfrachtet und ins All geschickt hatte. Aber das war doch unmöglich – oder? Und wenn schon, warum kümmerte ihn das überhaupt? Es spielte doch sowieso keine Rolle. Solange sie genauso hypnotisiert waren wie alle anderen ...

Drax starrte auf Eddys unangetastete Katzenfutterdose.

„Ich glaube, er fragt sich, warum du dein Mittagessen stehen lässt", sagte Eddys Mum.

Und in dem Moment war Eddy sich sicher. Ja, es war Drax G'varglestarg. Herr Fluffischnuckischnurripfoti. Der Rote

Kater. Der Malvalier. So viele Namen für nur eine einzige Katze.

Diese Katze.

Und wenn diese Katze bemerken würde, dass Eddy und Millie nicht hypnotisiert waren, dass sie Spione waren, die verhindern wollten, dass die Malvalier das ganze Wasser stahlen, was würde Drax dann mit ihnen machen? Daran wollte Eddy noch nicht einmal denken. Nicht in einer Stadt, in der Hunderte Katzen mit scharfen Krallen und scharfen Zähnen durch die Gassen schlichen, alle im Dienst des malvalischen Bösewichts.

Der Rote Kater tappte über den Tisch zurück, nahm einen Bissen vom Brathähnchen und drehte sich dann wieder zu Eddy um.

Eddy wusste, was er zu tun hatte. Er beugte sich zu Millie hinüber und flüsterte ihr ins Ohr: „Könntest du mir einen richtig erwachsenen Gefallen tun?"

„Na klar", sagte Millie. „Ich bin schon vierdreiviertel."

„Gut. Ich glaube, der Rote Kater ist DIE Katze, und es ist wirklich wichtig, dass es so aussieht, als wären wir auch so hypnotisiert worden wie alle anderen. Sonst kriegen wir richtig Ärger. Also müssen wir all das tun, was die anderen auch machen. Das heißt, wir werden von dem Katzenfutter essen müssen."

„Igitt!", sagte Millie und spuckte aus. „Das ist widerlich!"

„Wir nehmen jeder eine Gabel voll, ich zähle bis drei, und bei drei schlucken wir das beide gleichzeitig runter. Okay?"

„Ich versuch's", sagte Millie.

Eddy steckte seine Gabel in die Dose und häufte sich Katzenfutter darauf. Dann hielt er den Brocken hoch. Braungelb wabbelte das Gelee auf der Gabel.

„Eins. Zwei. Drei."

Dann ließ er das Katzenfutter auf seine Zunge rutschen und biss hinein. Es schmeckte zäh und leicht fleischig.

Eddy schluckte es so schnell wie möglich hinunter.

„Mmm!", sagte er. „Wunderbar!" Dann machte er noch einmal „Mmm!" und gab sich alle Mühe, es glaubwürdig klingen zu lassen.

„Urgs!", sagte Millie. „Iiiih! Üärgs!" Dann fügte sie nach ein paar Sekunden hinzu: „Hm, so übel ist das gar nicht. Auf jeden Fall besser als Würmer." Sie nahm noch eine Gabel voll. „Eigentlich schmeckt das echt ganz gut. Ich hab so Hunger!"

Das schien Drax endgültig zu überzeugen. Er schlang noch ein paar kleine Bissen Hähnchen hinunter, dann verließ er das Haus so schnell, wie er gekommen war, die beiden fiesen Kater im Schlepptau.

Eddy legte seine Gabel neben die Katzenfutterdose. Er konnte sich beim besten Willen nicht überwinden, noch mehr davon zu essen.

Schon kurz darauf schepperten vier Gabeln in vier leere Dosen hinein.

„Wunderbar", sagten vier erwachsene Stimmen.

„Ja“, sagte Eddys Vater und erhob sich von seinem Platz. „Zeit, wieder an die Arbeit zu gehen.“

„Komm mit“, sagte Eddy zu Millie, sobald ihre Eltern den Raum verlassen hatten. „Wir müssen ihnen folgen.“

„Müssen wir wirklich?“, fragte Millie.

„Ja. Das ist unsere einzige Chance zu sehen, was das für ein Projekt ist. Bestimmt ist das der fiese Plan, an dem der Rote Kater schon die ganze Zeit arbeitet. Und wenn wir es schaffen, Fotos davon zu machen, können wir die Leute da draußen davon überzeugen, dass hier was gewaltig schiefläuft. Also, los geht's!“

„Aber ich hab mein Essen noch gar nicht aufgegessen!“, sagte Millie. Sie stopfte sich eine gehäufte Gabel in den Mund.

„Plllrrrrp!“, machte ihr Magen.

19. Kapitel

In dem jemand ein superguter Spion ist

Eddys und Millies Eltern waren im Flur gerade dabei, ihre Jacken anzuziehen.

„Ich nehme den Spiegel mit“, sagte Eddys Vater und hob das Ding vom Nagel an der Wand.

„Wunderbar“, sagte seine Frau. „Ich habe alle Pfannendeckel dabei, und Maureen nimmt die Rollen mit Alufolie.“

„Und ich habe das Silbertablett aus dem Geschirrschrank“, fügte Onkel Ken hinzu. „Hey, meint ihr, das Lametta könnte auch zu was gut sein?“ Er wickelte sich den Strang ab, den Millie ihm um den Kopf geschlungen hatte.

„Warum nehmen die das alles mit?“, wandte sich Millie an Eddy.

„Weiß ich nicht“, antwortete ihr Cousin. „Aber wenn wir sie begleiten, finden wir es bestimmt raus.“

„Ich mag das nicht, wenn die hipponotiert sind“, sagte Millie. „Ich will, dass sie wieder so sind wie früher.“

„Das will ich auch“, sagte Eddy. „Und deswegen müssen wir die Regierung oder die Armee oder wen auch immer davon überzeugen, dass der Kater ein Außerirdischer ist. Dann können sie den Plan vereiteln, uns das Wasser zu klauen, und alles wird wieder so wie früher." *Hoffe ich zumindest*, fügte er in Gedanken hinzu. Aber Millie zuliebe versuchte er zu verbergen, wie ihm wirklich zumute war. Auch wenn ihm das echt nicht leichtfiel.

Eddy schulterte seinen Rucksack, dann folgten er und Millie den Erwachsenen nach draußen. Millie schnappte sich noch schnell ihren Horrisboris, dazu eine kleine Tasche, in die sie Comics, Stifte und Papier gestopft hatte. Sie hielt Horrisboris an der Hand, als sie sich auf der Straße einem Menschenstrom anschlossen. Alle hatten glänzende Metallgegenstände dabei, und alle gingen in dieselbe Richtung, nämlich zum Hafen.

„Bleib dicht bei mir", sagte Eddy. „Ich will ein paar Leuten Fragen stellen, vielleicht sind wir dann ein bisschen schlauer, was hier vor sich geht."

Er brauchte nur ein paar Minuten, um zwei sehr wichtige Informationen einzuholen.

Erstens: Es war ein wunderbarer Tag.

Zweitens: Alles war völlig normal.

Ansonsten sagte niemand irgendetwas. Alle stapften nur stur geradeaus.

Millies Magen hingegen hatte einiges zu sagen. Er quietschte und grummelte und börpste, was das Zeug hielt.

„Geht's dir gut?", fragte Eddy.

„Fühlt sich ein bisschen komisch an“, erwiderte Millie. „Aber ich glaube, das sind nur Blähungen.“

Je näher sie dem Hafen kamen, desto größer wurde die Menschenmenge. Als sie schließlich am Wasser angekommen waren, hatte sich vor ihnen eine dicke Mauer aus stummen Leuten aufgestaut, die ihnen die Sicht versperrte.

„Was ist denn hier los?“, fragte Millie.

„Keine Ahnung“, sagte Eddy. „Wir müssen einfach abwarten, was als Nächstes passiert.“

Was als Nächstes passierte, war irgendwie nicht viel. Und es gab sich auch keine Mühe, schnell fertig zu werden. Aber irgendwann schob sich die Menschenmenge doch wieder langsam voran, die Leute vor Eddy und Millie zerstreuten sich, sodass sie auf einmal wieder freie Sicht hatten.

Und zwar auf den altvertrauten Hafen von Tidemark Bay, der wie ein riesiges Hufeisen aus Stein und Felsklippen geformt war.

Weniger vertraut war das vergitterte Baugerüst, das oberhalb der Kaimauer thronte. Die meisten Stangen waren nackt, aber am entfernten Ende des Hafens waren an einer Stelle unzählige glänzende Gegenstände daran befestigt worden, die in der schwachen Wintersonne glitzerten.

„Was ist denn das?“, fragte Millie. „Was bauen die denn da?“

„Ich hab keinen Schimmer“, sagte Eddy. „Aber das ist wirklich seltsam. Und wer das sieht, erkennt sofort, dass hier irgendwas Merkwürdiges vor sich geht. Komm, wir machen ein paar Fotos und verschwinden dann wieder."

Er zog sein Handy aus der Tasche, schaltete die Kamera ein und hielt es hoch, um das erste Bild zu schießen.

„Miaaaauuuuu!"

Eine große Katze hüpfte von der Kaimauer herunter und baute sich fauchend vor Eddys Füßen auf. Vier weitere zwängten sich mit ausgefahrenen Krallen zwischen den Beinen der Versammelten hindurch.

„Das passt denen anscheinend nicht", sagte Eddy und ließ sein Handy wieder in die Tasche gleiten. Die Katzen hörten auf zu fauchen, beäugten ihn aber weiterhin misstrauisch.

„Dann mach ich die Fotos", schlug Millie vor. „Ich kann Horrisboris hochhalten und die Kamera hinter ihm verstecken. Dann bin ich ein Spion, und keiner merkt was, weil sie alle denken, ich bin nur ein süßes kleines Mädchen."

„Hm, ich weiß nicht ..."

„Ich *kann* süß sein!", stieß Millie empört hervor.

„Aber was ist, wenn du das Handy kaputtmachst?", gab Eddy zu bedenken.

„Ich mach nie was kaputt", sagte Millie. „Außerdem ist es, wenn, dann nicht meine Schuld. Hast du eine bessere Idee?"

Eddy wartete kurz, bis die Katzen das Interesse an ihm verloren hatten und sich wieder verzogen, dann drückte er Millie verstohlen das Telefon in die Hand. Sie versteckte es hinter ihrem Kuscheltier.

„Dauert nicht lange“, sagte sie.

„Wir sollten aber zusammenbleiben“, sagte Eddy.

Doch da war Millie schon im Gewühl verschwunden.

Eddy schaute sich überall nach ihr um. Um ihn herum blitzten immer wieder Metallgegenstände auf, die von Menschen zum Hafen geschleppt wurden. Wozu sollte das gut sein? Was führte der Rote Kater im Schilde? Was hatte das alles mit dem geplanten Wasserdiebstahl zu tun? Zumindest würden die Fotos ein Beweis dafür sein, dass es hier nicht mit rechten Dingen zuging. Und dann würde ihnen hoffentlich endlich mal jemand glauben und alles in die Wege leiten, um die Malvalier zu stoppen.

Eddy machte sich langsam schon Sorgen, ob Millie etwas zugestoßen war, da hörte er plötzlich ihre Stimme hinter sich.

„Der Hase wird heute Nacht in seinem Bau schlafen.“

„Welcher Hase?“, fragte Eddy. „Wovon redest du?“

„Das ist Spionsprache“, erklärte Millie.

„Gib mir bitte das Handy zurück und dann schnell raus hier“, sagte Eddy.

„Du hast echt keine Ahnung“, schimpfte Millie. „So reden Spione nicht miteinander. Hab ich doch im Fernsehen gesehen. Sie reden so eine Geheimsprache, damit keiner was verstehen kann. Du musst das auch so machen. Wir reden von jetzt an nur noch Spionsprache, sonst spiele ich nicht mehr mit.“

Eddy hatte keine Lust, mit Millie zu streiten. Das würde nur unnötig Aufmerksamkeit auf sie lenken. Und das war so ziemlich das Letzte, was sie jetzt gebrauchen konnten.

„Also gut", seufzte er.

„Fang noch mal von vorn an", sagte Millie, drehte eine kleine Runde und trat ein zweites Mal von hinten an ihn heran. „Der Hase wird heute Nacht in seinem Bau schlafen."

Eddy gab sich alle Mühe, eine passende Antwort zu finden. „Aber das Eichhörnchen wird wach bleiben und seine Nüsse bewachen. Kann ich's jetzt zurückhaben?"

„Nein", sagte Millie.

„Warum nicht?"

„Weil das nicht die richtige Antwort war."

„Ach, komm schon!", rief Eddy. Schon kamen wieder zwei Katzen angeschlichen und starrten die beiden an. „Ich finde das unheimlich, wie die uns beobachten. Lass uns lieber abhauen. Du kannst mir das Handy auch zurückgeben, wenn wir die Stadt verlassen haben." Eddy griff nach Millies Hand und schleifte sie vom Hafen weg. „Wunderbarer Tag!", rief er den Katzen über die Schulter zu. „Und alles so schön normal!"

Kurz darauf waren sie wieder beim Podul und bei Donnerstag und Henry. Donnerstag war auf einen Baum geklettert und baumelte an den meisten seiner Beine von einem dicken Ast herunter, während er mit den restlichen Beinen durch die Luft wedelte.

„Will sie nur mal ordentlich trocknen“, sagte er. „Der feuchte Boden tut meinen Füßen gar nicht gut.“

Henry hockte auf einem umgestürzten Baumstamm und spielte leise auf seinem Achselhöhleninstrument.

Eddy setzte seinen Rucksack ab und griff hinein. „Ich hab Hühnchen mitgebracht“, sagte er.

„Ist nicht mein Lieblingsessen“, erwiderte Henry, „aber besser als gar nichts.“

„Deinem Kopf scheint es besser zu gehen“, bemerkte Eddy. „Zumindest erzählst du nicht mehr ständig, alles wäre wunderbar und völlig normal.“

„Was redest du da?“, sagte Henry und kaute an einem Hähnchenschenkel. „Kann mich nicht erinnern, dass mit meinem Kopf was nicht in Ordnung gewesen sein sollte.“

„Also, Kleiner“, sagte Donnerstag und kletterte herunter. „Was gibt's Neues?“

„In der Stadt ist die Hölle los“, berichtete Eddy. „Alle wurden hypnotisiert. Drax ist der Chef von allem – er nennt sich jetzt Roter Kater. Und er hat die echten Katzen hinter sich. Und im Hafen wird irgendwas gebaut. Keine Ahnung, was, aber wir haben Fotos davon gemacht.“

„*Ich* hab die Fotos gemacht“, sagte Millie und gab Eddy sein Telefon zurück. „Siehst du? Ist nicht kaputt. Und das da geht bestimmt wieder ab.“

„Was ist das da?“, hakte Eddy nach.

„Riecht nach Joghurt. Erdbeer, glaube ich“, sagte Millie.

„Aber wie in aller Welt ist Erdbeerjoghurt auf mein Handy gekommen?"

„Keine Ahnung", antwortete Millie. „Ist mir ein Rätsel."

Eddy rieb das Zeug mit dem Ärmel weg, so gut er konnte, dann schaute er die Aufnahmen durch.

„Ich bin ein superguter Spion", sagte Millie. „Ich hab so getan, als würde ich einfach nur Selfies machen."

„Aber das *sind* nur Selfies!", sagte Eddy.

Millie beugte sich zu ihm und schaute auf das Display. „Auf dem hier sehe ich total süß aus, oder?"

„Ach, vergiss es", sagte Eddy und blätterte weiter. „Ah, das hier ist gut. Da kann man über deiner Schulter zumindest ein Stückchen von dem Gerüst am Hafen erkennen. Donnerstag?" Er hielt ihm das Telefon hin. „Hast du eine Ahnung, was das sein könnte?"

„Klar", sagte Donnerstag. „So ein primitives Kommunikationsgerät, das du schon mal benutzt hast."

„Nein, ich meine auf dem Foto. Oberhalb von Millies Schulter."

„Nö, keine Ahnung", sagte Donnerstag. „Aber sieht schon interessant aus."

„Vielleicht sind da noch bessere Bilder drauf", sagte Eddy. „Oh, irgendwie geht's nicht mehr weiter. Das Handy macht auf einmal gar nichts mehr."

„Ich hab's nicht kaputtgemacht", sagte Millie. „Das war der Joghurt."

„Na ja, wenigstens haben wir das eine Foto, das wir vorzeigen können“, sagte Eddy. „Da kann man erkennen, dass im Hafen irgendwas Merkwürdiges vor sich geht. Im Nachbarort Saltburn Sands gibt’s eine Polizeiwache. Ich finde, es wird Zeit, dahin zu gehen und denen das Beweisfoto zu zeigen. Dann können die uns nicht mehr ignorieren.“

20. Kapitel

In dem jemand ein Notfall ist

Sergeant Frank Wachtmeister fand die Zeit vor Weihnachten besonders schön. Er fand es schön, dass er auf den Empfangstresen der Polizeiwache von Saltburn Sands einen Tannenbaum stellen und ihn mit kleinen blauen Blinklichtern dekorieren konnte, und auf der Spitze thronte immer eine kleine Fee, die mit einer Polizeiuniform verkleidet war und einen Zauber-Gummiknüppel schwenkte.

Er fand es schön, dass die Leute meist so vom weihnachtlichen Geist erfüllt waren, dass sie ganz vergaßen, die Sachen zu machen, für die er sie sonst hätte festnehmen müssen. Er fand es schön, dass er deswegen viel mehr Zeit hatte, um die Füße hochzulegen und Kataloge mit Gartenhäuschen zu wälzen und sich zu überlegen, welches davon er sich gönnen würde, wenn er im nächsten Jahr in Rente ging.

Kurz gesagt, er fand es schön, dass es vor Weihnachten wesentlich leiser, ruhiger und fauler zuging als im Rest des Jahres.

Normalerweise.

Aber heute war das ganz anders.

Heute gingen auf seiner Polizeiwache haufenweise verrückte Anrufe von Bewohnern von Saltburn Sands ein, und dann auch noch während seiner ganzen Mittagspause! Besorgte Bürger meldeten seltsamen Lärm aus dem Wald zwischen Saltburn Sands und Tidemark Bay. Oder eine große graublaue Gestalt, die zwischen den Bäumen herumlief – manche sprachen von einem Yeti, andere von einem Riesenaffen, ein anderer von einer überdimensionalen fusseligen Badematte auf Beinen. Sergeant Frank Wachtmeister war sich sicher, wenn er sich die Mühe machen würde, selber nachzuschauen, würde er bestimmt auf irgendeinen harmlosen Spaziergänger mit einem ausgefransten alten Jogginganzug treffen. Oder einen großen Hund. Die Art von Meldungen stellte sich nämlich immer als großer Hund oder ausgefranster Jogginganzug heraus. Bis auf das eine Mal, wo es ein großer Hund *in* einem ausgefransten Jogginganzug gewesen war.

Und jetzt, gerade als er es sich gemütlich gemacht hatte, um sich ein paar ausgesprochen hübsche Gartenhäuschen in Form von alten Postkutschen anzugucken, wurde plötzlich die Tür der Polizeiwache aufgestoßen, und herein kamen ein Junge mit einem dick ausgebeulten Rucksack, ein Mann mit zerschlissener Militäruniform und einem angeknabberten Brathähnchen in der Hand sowie ein süßer kleiner Fratz in einem rosa Prinzessinnenkleid, der ein hässliches Kuscheltier an die Brust drückte. Sergeant Wachtmeister war auf das Schlimmste gefasst – so ein Besuch konnte eventuell sogar bedeuten, dass er etwas unternehmen musste.

Der Fratz stapfte zum Tresen und knallte ein schweres Ding aus Metall auf die Tischplatte.

„Flumpp!", machte sein Magen.

„Oh, Entschuldigung", sagte der Fratz.

Sergeant Wachtmeister beäugte das Metallding neugierig. Sah aus wie ein Türknauf. Und erinnerte stark an den Türknauf an der Eingangstür der Polizeiwache.

„Ist abgefallen", sagte der Fratz.

Ja, die Ähnlichkeit war wirklich verblüffend.

„Ist das mein Türknauf?", fragte Sergeant Wachtmeister.

„Kann sein", erwiderte der Fratz. „Wenn Ihr Türknauf repariert werden muss ..."

„Jetzt muss ich einen Bericht dazu schreiben", sagte Sergeant Wachtmeister.

„Ich hab's nicht kaputtgemacht", sagte das Mädchen. „Aber was würde passieren, wenn das jemand gemacht hätte?"

„Vergiss den Türknauf", sagte Eddy.

„So einfach ist das nicht", wandte Sergeant Wachtmeister ein. „Es handelt sich hierbei immerhin um Eigentum der Polizei."

„Wir haben aber ein wesentlich wichtigeres Anliegen", sagte Eddy. „Wir möchten einen Notfall melden."

„Oje, das hatte ich fast schon befürchtet. Also los, wenn es unbedingt sein muss …“

„Er wird dir nie im Leben glauben“, nuschelte Henry, den Mund voll Hähnchen.

„Wir sind einer Invasion zum Opfer gefallen“, sagte Eddy.

„Wer ist wir?“

„Tidemark Bay. Die ganze Welt. Wir müssen alle warnen!“

„Verstehe“, sagte Sergeant Wachtmeister. „Meinst du nicht, wenn wir wirklich einer Invasion zum Opfer gefallen wären, dass wir es dann längst in den Nachrichten erfahren hätten?“

„Wir *sind* die Nachrichten“, beharrte Eddy. „So fängt es doch immer an – etwas passiert, und jemand meldet es.“

„Mann!“, rief Millie. „Sie müssen zuhören!“

„Es ist ein Außerirdischer“, sagte Eddy. „Wir wurden von einem Alien aus dem Weltall überfallen.“

„Von einem Alien“, wiederholte Sergeant Wachtmeister langsam. „Eyy-Lii-Enn“, sagte er dann noch mal und noch langsamer.

„Das hört sich bestimmt lachhaft an“, sagte Eddy.

„Also, das ist jetzt der erste vernünftige Satz, seit ihr reingekommen seid“, sagte der Sergeant. „Übrigens seid ihr gar nicht die Ersten, die das melden. Glaubt mir – am Ende wird sich rausstellen, dass es ein zerfranster Jogginganzug ist. Oder ein großer Hund.“

„Wovon reden Sie da?“, fragte Eddy.

„Ich hab schon etliche Anrufe bekommen. Von Leuten, die diesen vermeintlichen Außerirdischen melden wollten. Lass mich raten, das Ding ist groß und blaugrau und rennt im Wald herum, stimmt's?"

„Nein, überhaupt nicht", sagte Eddy. „Ich meine, ja, es gibt auch einen großen blaugrauen Außerirdischen, der im Wald herumrennt. Er sieht so ähnlich aus wie das Kuscheltier meiner Cousine hier, nur viel größer. Aber den Alien meinen wir nicht. Um den brauchen wir uns jetzt erst mal keine Gedanken zu machen. Ganz im Gegensatz zu dem Alien, den *wir* meinen. Der ist wesentlich kleiner und rot getigert und sieht aus wie eine Katze."

„Ihr wisst aber schon, dass es strafbar ist, die Zeit von Polizeibeamten mit Unsinn zu vergeuden?", sagte Sergeant Wachtmeister.

„Was sehen Sie auf diesem Foto?", fragte Eddy und schleuderte ihm seine Handykamera über den Tresen zu.

„Sie." Der Sergeant deutete auf Millie.

„Hinter ihr", sagte Eddy.

„Nichts. Der Bildschirm ist gerade schwarz geworden. Ich glaube, der Akku ist leer."

„Nein, das war der böse Joghurt", sagte Millie.

„Ich hab doch gesagt, er wird euch nicht glauben", sagte Henry. „Und ich hatte recht."

„Aber es ist wahr!", rief Millie. „Da ist ein Raumschiff und Bäume, die weglaufen, und so Dinger, die Würmer leer saugen, und die Katze ist gar keine Katze, sondern ein großer oranger Tintenfisch, der sich als Katze verkleidet hat."

„Langsam geht ihr mir echt auf die Nerven", entgegnete Sergeant Wachtmeister. „Jetzt hört auf mit dem Blödsinn, und macht euch vom Acker. Klar, erst war's nur ein Alien, dann sind's schon zwei, und dann ..."

„Ja, jetzt sind es drei", sagte Donnerstag und streckte den Kopf aus Eddys Rucksack, wo er sich versteckt hatte, damit man ihn erstens nicht sehen konnte und zweitens seine Füße endlich trockneten. „Und dieser dritte Alien sagt, Sie sollten besser hinhören, was diese Herrschaften zu sagen haben."

„Also für einen alten Mann kann der Polizist ganz schön schnell laufen, oder?", sagte Millie.

Die Geschwindigkeit, mit der Sergeant Wachtmeister auf Donnerstags plötzlichen Auftritt reagiert hatte, war in der Tat beeindruckend. Ebenso der gewagte Sprung auf den doch ziemlich hohen Karteischrank. Aus dem Stand.

„Was ...", stammelte der Sergeant mit zittriger Stimme und streckte seinen nicht minder zitternden Zeigefinger aus, „... ist das?"

21. Kapitel

In dem jemand im Unrecht ist

„Ja, ja, schon gut“, sagte Donnerstag. „Ich freue mich auch, Sie kennenzulernen.“

„Er will uns helfen, den Planeten zu retten“, erklärte Eddy.

„Und er ist wirklich ein … äh …?“ Sergeant Wachtmeister kauerte immer noch auf dem Karteischrank.

„Ein Außerirdischer“, brachte Eddy den Satz zu Ende. „Ja, ist er.“

„Sehen Sie“, sagte Millie. „Ich hab doch gesagt, Sie sollen zuhören.“

„Ich verstehe nicht … also, ich meine … Was ist denn eigentlich hier los?“, stotterte der Sergeant.

„Na, endlich dringen wir mal zu Ihnen durch“, sagte Eddy. „Also: Wir sind Opfer einer Invasion geworden. Alle Leute in Tidemark Bay wurden hypnotisiert, und sie bauen irgendwas, was anscheinend zu dem Plan des Außerirdischen gehört, um unser Wasser zu klauen. Also, ich meine jetzt den Kater-Außerirdischen. Nicht den in meinem Rucksack. Und auch nicht den blaugrauen aus dem Wald. Können Sie mir so weit noch folgen?"

„Hmmm", murmelte der Sergeant. Was schon mal ganz gut war angesichts der Fülle der Informationen, die er auf einmal zu verdauen hatte.

„Wir müssen die Verantwortlichen von der Sache informieren, damit sie den Plan vereiteln, bevor es zu spät ist."

„Ich weiß nicht …", sagte Sergeant Wachtmeister. „Ich kann doch nicht einfach meinen Chef anrufen und ihm sagen, dass in deinem Rucksack so ein … äh …"

„Mein Name ist Donnerstag Cornflake", stellte Donnerstag sich vor.

„Das macht's auch nicht besser", sagte der Sergeant. „Ich muss jetzt erst mal nachdenken, wie wir vorgehen können."

„Vom Karteischrank runterzukommen wäre schon mal ein guter erster Schritt", schlug Henry vor.

„Vom …? Ach ja." Der Sergeant ließ sich vom Schrank runterplumpsen. „Und dann sollte ich am besten nach Tidemark Bay mitkommen und mir das alles mit eigenen Augen anschauen. Wenn ich meinem Vorgesetzten Bericht erstatten soll, muss ich mich doch vorher kundig machen, damit ich weiß, wovon ich da rede. Ich hol nur schnell meinen Notizblock."

„Dann werden Sie auch das hier brauchen", sagte Eddy und holte einen langen Strang Lametta aus seiner Tasche. „Wickeln Sie das um Ihre Mütze, dann können Sie nicht hypnotisiert werden."

„Lametta um meine Mütze wickeln? Aber das sieht doch total bescheuert aus! Wenn mich jemand so sieht, dann ... Oh! Moment mal, jetzt hab ich's! Ich weiß, was ihr vorhabt. Sobald ich wie ein Weihnachtsdepp verkleidet rausgehe, hüpft irgendein Kumpel von euch hinterm Busch raus, knipst ein Foto von mir und stellt es ins Internet, damit die ganze Welt sich über mich lustig machen kann, stimmt's?"

„Nein", sagte Eddy. „Wie kommen Sie darauf?"

„Das ganze Drumherum ...", sagte Sergeant Wachtmeister. „Die Meldungen über angebliche Aliens im Wald, euer Auftritt jetzt ... Das ist alles nur ein Streich, oder? Ihr wollt mich nur dazu bringen, mich zum Trottel zu machen."

„Nein, Sie müssen uns glauben!", rief Eddy.

„Sehr witzig. Okay, fast hättet ihr mich so weit gehabt. Aber jetzt ist Schluss mit lustig. Ihr seid aufgeflogen, Leute. Das Spiel ist aus." Er kniff die Augen zusammen. „Moment mal. Dich kenn ich doch! Bist du nicht der Junge aus dem Tierkostümladen? Meine Frau und ich waren vor ein paar Wochen da, sie wollte ein Hundeheld-Outfit für den Hund ihrer Schwester kaufen. Ach ja, jetzt passt alles zusammen! Das Ding in deinem Rucksack ist nur ein Hund in einem eurer fürchterlichen Halloween-Kostüme, stimmt's? Wie hast du das mit der Stimme hingekriegt? Kannst du bauchreden oder so?"

„Wovon brabbelt dieser Clown da eigentlich?", stieß Donnerstag hervor.

„Echt gut gemacht, das muss ich euch lassen", fuhr Sergeant Wachtmeister fort. „Deine Lippen bewegen sich überhaupt nicht, wenn du redest.“

„Nein, das ist alles echt“, sagte Eddy.

„Die Nummer ist wirklich gut“, sagte der Sergeant. „Hat echt Spaß gemacht. Aber jetzt reicht’s, ab nach Hause mit euch.“

„Nein! Die wollen die ganze Erde zerstören!“

„Raus. R-A-U-S!“, sagte der Sergeant. „Ich hab noch jede Menge Papierkram zu erledigen.“ Er warf einen Blick auf die Kataloge mit Gartenhäuschen. „Außer, ihr besteht darauf, dass ich euren Streich belohne, indem ich euch hinter Schloss und Riegel bringe.“

„Also hab ich am Ende doch recht behalten“, sagte Henry.

„Sie machen einen schrecklichen Fehler“, sagte Eddy.

„Frohe Weihnachten!“, sagte Sergeant Wachtmeister. „Und macht die Tür hinter euch zu, wenn ihr rausgeht, ja?“

„Geht nicht“, wandte Millie ein. „Ist kaputtgegangen, hab ich doch gesagt.“

Niedergeschlagen verließen sie die Polizeiwache. Draußen wurde es langsam dunkel. Eddys Stimmung war nicht weniger düster.

„Was sollen wir nur machen, wenn uns keiner glaubt und keiner helfen will?“

„Da wäre immer noch der Große Rat zur Bewahrung der Galaxievielfalt“, sagte Donnerstag. „Wenn ihr denen glaubhaft machen könnt, dass dieser Planet was Besonderes

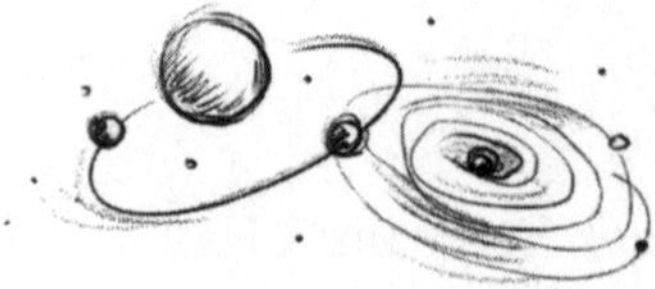

ist, können sie anordnen, dass die Malvalier gestoppt werden. Die Macht dazu haben sie jedenfalls."

„Was ist ein Galaxieverfall?", fragte Millie.

„Vielfalt", verbesserte Eddy. „Es geht darum, dass alles vor der Zerstörung bewahrt werden soll. Die Natur, die Tiere und so. Das hatten wir schon in der Schule. Aber von diesem Großen Rat wusste ich noch nichts. Wieso hast du uns denn nicht schon früher davon erzählt?"

„An den **Großen Rat zur Bewahrung der Galaxievielfalt** wendet man sich erst, wenn man keine andere Möglichkeit mehr hat", erklärte Donnerstag. „Die rücken nicht so gern aus, um Planeten in Augenschein zu nehmen. Sie halten sich für noch wichtiger, als sie wirklich sind, obwohl das eigentlich kaum vorstellbar ist. Und sie sind sehr schwer zu überzeugen. Die meisten Planeten kommen nicht mal in die engere Wahl, bewahrt zu werden. Und wenn man im ersten Anlauf abgelehnt wird, ist es vorbei. Es gibt keine zweite Chance. Das wird echt schwierig."

„Das Risiko geh ich ein", entschied Eddy. „Lieber schwierig als hoffnungslos."

„Dann sende ich jetzt einen Ruf ab", sagte Donnerstag. Er wackelte mit seiner Antenne. „Sofern ich auf diesem Planeten überhaupt ein Signal kriege. Augenblick."

Er krabbelte ein Stück zurück zur Polizeiwache. „Hier ist es besser“, sagte er. „Okay, die Nachricht an den Großen Rat ist unterwegs.“

„Und was machen wir jetzt?“, fragte Eddy.

„Wir warten darauf, dass sie zurückrufen. Das kann allerdings ein bisschen dauern. Vor allem, wenn sie gerade beim Abendessen sind.“

22. Kapitel

In dem jemand flüssig ist

Auf den Rückruf des Großen Rats zur Bewahrung der Galaxievielfalt mussten sie lange warten. Am späten Abend, als Eddy, Millie, Henry und Donnerstag längst sämtliche Brathähnchenreste verputzt hatten, hatte sich der Rat immer noch nicht gemeldet. Eddy wollte nicht das Risiko eingehen, zu Hause zu übernachten, aus Angst, sich nachts im Bett so zu wälzen, dass ihm die Lametta-Mütze vom Kopf rutschte und er dann genauso hypnotisiert wurde wie seine Eltern. Und so machten sie es sich für die Nacht auf dem Boden des Poduls gemütlich. Bis auf Donnerstag, der es sich von der Decke hängend gemütlich machte.

Aber Eddy konnte nicht einschlafen. In seinem Kopf wirbelten einfach zu viele Gedanken herum. Und der Krach um ihn herum machte die Sache auch nicht gerade besser. Henry schnarchte, und Millies Magen grummelte und brummelte und erzeugte so laute Pfeifgeräusche, dass Eddy sich wunderte, wie Millie dabei schlafen konnte. Hoffentlich machte der Liquoid, den sie geschluckt hatte, sie bloß nicht krank.

Und als der Schlaf sich endlich erbarmte, auch zu Eddy zu kommen, brachte er merkwürdige Träume mit sich.

Ein roter Kater kauerte auf der Kaimauer von Tidemark Bay und saugte das Wasser durch einen langen Strohhalm ein. Mit jedem Zug sank der Wasserpegel im Hafen, während der Kater immer dicker und runder wurde. Eddy versuchte, nach dem Strohhalm zu greifen, aber dem Monsterkater wuchsen immer mehr riesige Pfoten, mit denen er Eddy wegschubste, in die Rippen schlug und ...

„Wach auf!“

... in die Brust pikste und ...

„Komm schon, Kleiner, aufwachen!“

... in den Bauch boxte ...

„Wir müssen los!“

... und dann war Eddy plötzlich wach, und Donnerstag stand über ihm und stupste ihn an und sagte: „Der Große Rat hat gerade zurückgerufen. Wir müssen an die Arbeit.“

„Also, Folgendes“, verkündete Donnerstag kurz darauf, nachdem Millie und Henry sich zu ihm und Eddy nach draußen gesellt hatten. „Um den Planeten zu retten, muss man drei Sachen aussuchen, mithilfe derer man dem Großen Rat beweisen kann, dass dieser Planet etwas Besonderes und damit erhaltenswert ist.“

„Nur drei?“, fragte Eddy.

„Nur drei“, wiederholte Donnerstag. „Man hat nicht viel Zeit, den Rat zu beeindrucken.“

„Aber die Erde ist so groß!“, gab Eddy zu bedenken. „Wie soll man da was aussuchen?“

„Auf jeden Fall schnell“, sagte Donnerstag. „Der Rat wird schon heute Nachmittag hier eintreffen. Ihr habt also gut fünf Stunden. Und ich muss euch warnen, die Galaxie verfügt über extrem viele spektakuläre Sachen. Ich hab schon Sachen gesehen, die würdet ihr beim besten Willen nicht für möglich halten. Riesige Kristallberge, die den Himmel mit Regenbogen überziehen. Pflanzen, die im Windhauch wie kleine Glöckchen bimmeln. Also sucht lieber was richtig Außergewöhnliches aus.“

„Ich weiß gar nicht, wo ich anfangen sollte“, sagte Eddy. „Der Amazonas-Urwald? Die Pyramiden? Der Eiffelturm?“

„Ich hab zwar keine Ahnung, was das alles ist“, sagte Donnerstag, „aber wenn ihr die gut findet, prima. Sorgt nur dafür, dass die Sachen rechtzeitig hier sind.“

„Wir müssen sie auch noch herschaffen? Nein, dann geht das natürlich nicht“, sagte Eddy. „Wir müssen was anderes aussuchen. Wie wär’s mit … ach, keine Ahnung.“

„Drei Sachen heißt, jeder darf eine aussuchen“, schaltete sich Henry ein. „Und ich weiß meine schon: Pastete.“

„Pastete?“, echote Eddy.

„Ja, mit Fleisch und Tomaten drin“, sagte Henry. „Die leckerste Pastete der Welt. Wenn es eins gibt, was ich in all den

Jahren im Raumschiff-Zoo gelernt hab, dann das: Außerirdische können nicht kochen. Also, wenn man sie echt beeindrucken will, setzt man ihnen am besten eine köstliche Pastete vor."

„Ich weiß meins auch schon", meldete Millie. „Ein Efelant."

„Ein Elefant?"

„Ja, sag ich doch. Ist was ganz Besonderes und hat einen Rüssel. Deswegen."

„Und wo sollen wir so schnell einen Elefanten herholen?", fragte Eddy.

„Die haben einen in Saltburn Sands, im Zoo", erklärte Millie. „Weiß ich genau. Hab ihn nämlich schon mal gesehen."

„Und wie sollen wir ihn da rauskriegen?"

„Weiß ich doch nicht", sagte Millie. „Ich bin vierdreiviertel, keine weltberühmte Efelanten-Diebin."

„Das schaffen wir doch nie", sagte Eddy. „Ein Elefant ist viel zu groß."

„Dann müsst ihr ihn eben kleiner machen", sagte eine tiefe, seltsame Stimme, die aus dem Nichts zu kommen schien.

„Wer war das?", fragte Eddy.

„Mein Bauch", sagte Millie. „Ich glaube, da ist jemand drin."

„Mein Name ist Blubblubblabblubblubblubblab", sagte Millies Bauch.

„Der Liquoid-Professor?", sagte Eddy. „Soll das heißen, Sie sind noch am Leben?"

„In meiner Heimat bestehen die Ozeane aus ätzenden Säuren. Wenn ich da überleben kann, dann wohl locker auch in der Magensäure hier. Obwohl es hier drin sehr viel übler riecht, muss ich sagen."

„Aber wie können Sie von da drinnen sprechen?", fragte Eddy.

„Ich kann durch den gesamten Körper reisen. Ein paar Augenblicke im Inneren des Gehirns haben mir gereicht, um eure höchst simple Sprache zu erlernen", erklärte der Professor. „Etwas schwieriger war es dann schon, die Vibrationen zu erlernen, mit deren Hilfe ich die erforderlichen Laute produzieren kann."

„Deswegen hat mein Bauch immer so komische Geräusche gemacht", sagte Millie.

„Ich habe alles mitgehört, was ihr über den Plan der Malvalier gesagt habt", erzählte der Professor. „Ich werde euch helfen, den zu vereiteln. Wir Wasserwesen müssen doch zusammenhalten. Ich verfüge über eins der genialsten Wissenschaftlergehirne der gesamten Galaxie. Und wenn ihr nicht mal wisst, wie man Sachen schrumpft, werdet ihr meine Hilfe definitiv brauchen."

„Hier bei uns verändern Sachen ihre Größe normalerweise nicht", sagte Eddy.

„Wie langweilig", erwiderte der Professor. „Und unpraktisch. Wenn man nichts schrumpfen kann, was macht man dann, wenn man zum Beispiel verreisen muss? Oder wenn man eine Fußballmannschaft in ein Auto reinkriegen will? Ihr habt wirklich noch keine Schrumpfmethode erfunden? Unfassbar."

„Doch, meine Mum benutzt dafür die Waschmaschine", widersprach Millie.

„Wenn es euch hilft, die Malvalier zu stoppen, dann baue ich euch ein Gerät", versprach der Professor. „Wir können dafür Ersatzteile aus einem der Motoren dieses Poduls verwenden."

„Sie kennen sich mit den Motoren des Poduls aus?", fragte Eddy verwundert.

„Wäre komisch, wenn nicht", antwortete der Professor. „Immerhin haben mich die Malvalier gezwungen, die Dinger zu entwerfen."

„Wie kann das Podul so schnell fliegen?", fragte Eddy. „Ich dachte, nichts ist schneller als das Licht."

„Man kann es dir nicht verdenken, dass du keine Ahnung von solchen Technologien hast", sagte der Professor. „Mit eurem Gehirn ist das auch schwer zu machen. Also, ich versuche es mal so zu erklären, dass sogar ihr das versteht. Um es vereinfacht zu sagen: Das Podul schrumpft einen kleinen Streifen des Raumes vor sich, sodass der zurückzulegende Weg viel kürzer wird. Und den Raum hinter sich, den es durchflogen hat, macht es größer. Außerdem beeinflusst es die Art, wie die Zeit vergeht. Wenn all das mehrere Millionen Male pro Sekunde wiederholt wird, hat man einen Quantenwellenbeschleunigermotor, der sich wesentlich schneller fortbewegen kann als das Licht."

„Und davon hab ich gleich zwei!", sagte das Podul. „Schluck meinen Raumstaub, Licht!"

„Und aus einem davon kann man eine tragbare Schrumpfmaschine bauen", schloss der Professor seine Ausführungen.

„Das klingt genial", sagte Eddy. „Und wie lange dauert das?"

„Nur ein paar Minuten, ist keine komplizierte Sache. Alles nur Basiswissen Raketentechnik. Könnte selbst das kleinste Kind konstruieren. Na ja, im Grunde wird das auch ein kleines Kind konstruieren. Millies Körper muss nur meine Anweisungen befolgen. Aber wir werden ein Gehäuse für die Maschine brauchen. Eine kleine Kiste oder so was. Ich muss mich jetzt wieder mit Millies Gehirn kurzschließen, um die Befehlsgewalt zu haben."

„Wir könnten mein Handy benutzen", schlug Eddy vor. „Das funktioniert seit der Begegnung mit dem Joghurt sowieso nicht mehr. Was meinen Sie, geht das?"

Ja, es ging. Unter der Steuerung des Professors arbeiteten Millies Hände mit unvorstellbarer Geschwindigkeit und fügten winzige elektronische Bauteile im Gehäuse von Eddys Handy zusammen.

„Das fühlt sich komisch an", sagte Millie, während ihre Finger so rasch herumwirbelten, dass es ein einziges Nebelgeflirre war. „Eigentlich kann ich so was gar nicht."

Aber sie konnte. Wenige Minuten später hielt Millie ein neuartiges Gerät mit unvorstellbaren technischen Fähigkeiten in der Hand.

Als die Aufgabe erledigt war, floss der Professor auch wieder aus ihrem Gehirn heraus.

„Meine Finger gehören wieder mir", sagte Millie. Und ließ das Handy fallen.

Eddy hechtete nach vorn und fing das umgemodelte Telefon auf, bevor es zu Boden krachte.

„Ups!", sagte Millie. „Aber ich hab's nicht kaputtgemacht."

„Nicht ganz", sagte Eddy.

„Aber der Versuch war schon mal nicht schlecht", sagte Henry.

„Um zu sehen, wie es funktioniert", sagte der Professor, der sich nun wieder in Millies Magen aufhielt, „musst du das mal umdrehen. Ich habe die Stromkreise im Inneren so verbunden, dass du nichts anderes tun musst, als das Zielobjekt mit der Kamera anzupeilen und auf den Auslöser zu drücken."

Eddy nahm einen umgestürzten Baumstamm ins Visier und drückte auf den Knopf. Ein paar Sekunden lang war der Stamm von einem schwach grünlichen Lichtschimmer umgeben. Dann schrumpfte er plötzlich zu einer astgroßen Kopie seiner selbst.

„Wow, unglaublich", sagte Eddy und hob den Zweig auf. „Ist nicht nur kleiner, sondern auch viel leichter geworden."

„Das gehört dazu. Ich habe das Gerät so konstruiert, dass

die Gegenstände auf Taschen-Transport-Größe geschrumpft werden", sagte der Professor. „Jetzt tipp mal 3-2-1 ein und schau, was passiert."

Eddy tat, wie ihm geheißen.

„Nichts. Ich sehe nichts, was sich verändert hätte", sagte er.

„Dann schau dich doch mal um", sagte der Professor.

Eddy nahm einen Vogel in Augenschein, der zwischen den nackten Ästen eines Baumes hindurchflog. Und tatsächlich – er sah aus, als versuchte er, durch Klebstoff zu fliegen. Jeder Flügelschlag erfolgte wie in Super-Zeitlupe.

„Ist alles um uns herum verlangsamt?", fragte Eddy.

„Um genau zu sein, ihr seid beschleunigt", erklärte der Professor. „Das Gerät kann nicht nur Sachen schrumpfen, sondern auch die Art und Weise beeinflussen, wie die Zeit sich durch den Raum bewegt. Ich versuche am besten gar nicht erst, euch das verständlich zu machen. Dafür müsste ich nämlich lange und komplexe Wörter benutzen, um diese fortschrittliche Technologie zu erklären, dass euer Gehirn schon beim Versuch des Begreifens Schaden nehmen könnte. Ihr müsst nur so viel wissen: Ein Druck auf dieses Gerät bietet euch ungefähr zehn Minuten Zeit, die sich für alle anderen nur wie dreißig Sekunden anfühlen. Aber jetzt schalte das Ding lieber ab, um Akkuleistung zu sparen. Leg den Zwergbaum beiseite, und dann tretet alle zurück, weil ... Na ja, ihr werdet gleich sehen, warum."

Eddy drückte auf den Aus-Knopf. Sobald das Handy aus war, war der Ast plötzlich wieder ein ausgewachsener Baumstamm.

Der Vogel zischte in normaler Geschwindigkeit zwischen den Bäumen hindurch Richtung Himmel.

„Sobald das Gerät aufhört zu senden, sind sämtliche Effekte augenblicklich außer Betrieb“, sagte der Professor. „Das dürft ihr niemals vergessen.“

„Werden wir nicht, keine Sorge“, versprach Eddy.

„Und jetzt schnappen wir uns den Efelant!“, rief Millie.

23. Kapitel

In dem jemand gefangen ist

„Die Schrumpfmaschine ist total super", sagte Eddy. „Aber wir haben nur noch knapp fünf Stunden Zeit, um drei Sachen einzusammeln und sie dem Großen Rat zu präsentieren. Wir müssen uns also beeilen. Wir fangen mit der Pastete an. Dann holen wir den Elefanten. Und bis dahin ist mir dann hoffentlich auch eingefallen, was ich aussuchen könnte. Bisher kann ich mich einfach nicht entscheiden."

Eddy, Millie und Henry waren auf dem Weg ins Zentrum von Saltburn Sands. Donnerstag war beim Podul geblieben. Einerseits, um alles für die Ankunft des Großen Rats vorzubereiten, und andererseits, weil sich alle darin einig gewesen waren, dass es nicht leichter werden würde, die erforderlichen Sachen zu besorgen, wenn die Bewohner von Saltburn Sands eine riesige, kakerlakengarnelige Kreatur aus dem Weltall zu Gesicht bekamen und daraufhin kopflos und kreischend kreuz und quer durch die Stadt rannten.

„Hey, da drüben ist ein Supermarkt", sagte Eddy. „Da können wir bestimmt eine Pastete kaufen."

„Kaufen? Das kommt nicht infrage", wehrte Henry ab. „Die backe ich selber. Mir kribbelt's schon lange in den Fingern, endlich wieder was Leckeres zu zaubern. Das Gefühl von rohem Teig unter den Fingernägeln ... unbezahlbar. Ich mache die beste Pastete, die ihr je gesehen habt, mit knuspriger Kruste und saftiger Füllung. Die ganzen Jahre in Gefangenschaft hab ich mich ständig gefragt: Warum ich? Aber jetzt weiß ich es. Es geht um diesen Augenblick. Ich bin dazu auserkoren, die Pastete zu backen, die die Welt retten wird."

„Aber wir haben keinen Backofen", wandte Eddy ein.

„Ich war doch Armeekoch, schon vergessen? Und man wird nicht Armeekoch, ohne zu lernen, wie man einen Feldofen baut. Ich brauche nur einen großen Pappkarton, eine Rolle Alufolie zum Drumrumwickeln, ein Loch in der Erde und ein Lagerfeuer. Das funktioniert besser als jeder normale Backofen, ihr werdet schon sehen."

„Na, wenn du dir da so sicher bist", sagte Eddy.

„So sicher wie noch nie im Leben", sagte Henry.

„Ich hab das Geld dabei, das ich für Weihnachtsgeschenke gespart habe." Eddy zog sein Portemonnaie aus der Tasche. „Also, gehen wir einkaufen."

Alles verlief nach Plan. Schon bald hatten sie alles zusammen, was Henry für seine Pastete brauchen würde, und sie dachten sogar daran, etwas zum Frühstück einzukaufen. Kurz darauf standen sie wieder draußen vor dem Laden, die Augen voller Freude und die Bäuche voller Muffins.

„Ich kam, sah und kaufte“, sagte Eddy stolz. „Wir haben alles gekriegt, was auf der Liste stand. Henry, du musst jetzt zurück zum Podul, den Feldofen bauen und deine Pastete backen, als würde das Schicksal der ganzen Welt davon abhängen. Das tut es nämlich auch.“

Aber damit waren Eddy und Millie allein für den Diebstahl des Elefanten verantwortlich. Und das ... tja, das ging so:

Im Ozean- und Tierpark von Saltburn Sands nieselte es gräulich. Missmutig kauerten die Tiere in den Ecken ihrer Käfige. Mit Ausnahme der Fische natürlich, denen das Wetter völlig schnurz war, schließlich waren sie ja schon längst bis auf die Gräten durchweicht. Eine Gruppe Pinguine hockte am Rand ihres Wasserbeckens und hoffte auf Heringe. Im Nachbargehege schnatterten zwei Affen einander mit gebleckten Zähnen an. Eine Handvoll Zoowärter saß auf einer feuchten Bank unter einer Plane, die nicht mal den schlimmsten Regen abhalten konnte, und teilte sich eine Thermoskanne heißen Tee.

„Da ist der Efelant“, sagte Millie und zeigte auf ein großes grasbewachsenes Gehege gegenüber dem Affenkäfig. „Lass uns den Schrumpfer einschalten und ihn klein machen.“

„Das geht nicht so einfach“, sagte Eddy. „Da ist doch ein hoher Eisenzaun rundherum. Wir müssen erst rein, um an den Elefanten ranzukommen.“

„Dann schrumpfst du den Zaun eben auch“, sagte Millie.

„Nicht möglich“, grummelte die Stimme des Professors aus

ihrem Magen heraus. „Das Schrumpfgerät ist nicht stark genug aufgeladen, um alles zu schrumpfen, was ihm im Weg steht."

„Ich will aber, dass du jetzt was schrumpfst", sagte Millie. „Ich will noch mal sehen, wie das funktioniert."

„Da drüben ist ein Tor im Zaun", erwiderte Eddy. „Mit einem dicken Schloss dran. Jetzt brauchen wir nur noch einen der Zoowärter."

„Den willst du dann schrumpfen?", fragte Millie.

„Nein, den müssen wir dazu bringen, dass er uns das Tor aufschließt."

„Okay, ich mach das", beschloss Millie.

Die Zoowärter hatten nicht den Hauch einer Chance.

„Hey, Leute!", rief Millie und stapfte auf sie zu, das breiteste Lächeln im Gesicht und ihren Horrisboris im Arm.

„Hallo, kleines Mädchen", brummten die Zoowärter.

„Ich finde euren Efelant toll", sagte Millie. „Was frisst der denn so?"

„Alles Mögliche", antwortete einer der Männer. „Heu, Karotten, Holzstücke ..."

„Quatsch, das mit den Holzstücken glaub ich nicht", sagte Millie. „Sie wollen mich bestimmt nur veräppeln, weil ich erst vierdreiviertel bin."

„Na so was", sagte der Zoowärter.

„Kann ich das mit den Holzstücken sehen?"

„Nicht jetzt, da musst du schon bis zur Fütterungszeit warten", erwiderte der Mann.

„Ist jetzt Fütterungszeit?“

„Nein.“ Der Zoowärter schaute auf seine Armbanduhr. „Erst in ungefähr einer Stunde.“

„Wie viele Karotten frisst der Efelant?“

„Viele. Einen ganzen Sack voll.“

„Wie viele sind das? Dreiundvierzig? Zweihundertsechs? Eine Million?“

„Keine Ahnung.“

„Oh“, sagte Millie. „Ist jetzt Fütterungszeit?“

„Nein, ich hab doch gesagt, in ungefähr einer Stunde.“

„Ist jetzt eine Stunde rum?“

„Nein“, sagte der Zoowärter.

„Aber fast eine Stunde?“

„Nein.“

„Und wann ist die Stunde …“

„Meine Güte, Schnabel!“, ging einer der anderen Zoowärter dazwischen. „Jetzt geh endlich und fütter den Elefanten! Ist doch egal, ob er eine Stunde früher oder später was kriegt!“

Der Mann stand ächzend von der Bank auf und näherte sich dem Elefantengehege. Millie tapste neben ihm her, Eddy folgte den beiden.

„Warum sagen die Schnabel zu Ihnen? Heißen Sie wirklich so?“, fragte Millie.

„Ich arbeite schon über zwanzig Jahre hier“, begann der Mann zu erzählen. „Und nie hab ich einen Fehler gemacht, nicht ein einziges Mal. Aber dann, eines Tages, ist mir ein Pinguin entwischt. Ich hab ihm während einer Probe für unsere Fisch&Fröhlich-Aufführung nur kurz den Rücken zugedreht, und schwupp war er weg. Aber meinst du, meine netten Kollegen würden sagen, ach, nicht so schlimm, dir ist doch sonst nie ein Fehler unterlaufen? Nein, die sind total durchgedreht! Seit dem Tag nennt mich niemand mehr bei meinem echten Namen. Nur Schnabel hier, Schnabel dort."

Sie standen nun vor dem Elefantengehege. Das Tier hatte sie schon kommen sehen und trottete zum Tor, um zu schauen, was da los war. Der Zoowärter nahm einen Schlüssel aus dem großen Bund, der an seinem Gürtel hing, und steckte ihn ins Schloss. Dann stieß er, Millie und Eddy den Rücken zugewandt, das Tor auf.

„Ihr bleibt hier draußen", sagte er. „Ihr dürft nicht mit rein."

Eddy tippte 3-2-1 auf seinem Handy ein. Und sofort bewegte sich alles um sie herum nur noch in Zeitlupe. Eddy stürmte am Zoowärter vorbei, stellte sein Telefon auf Kamera ein, richtete es auf den Elefanten und drückte auf den Knopf. Sofort leuchtete das Tier grünlich auf und dann – zzzzzzrp.

„Juchu!", schrie Millie und lachte ausgelassen.

„Was ist das denn für ein merkwürdiger Lärm?", meldete sich der Professor in ihrem Bauch. „Fühlt sich an wie ein Erdbeben."

„Ich hab nur gelacht", sagte Millie. „Weil der Efelant so klein ist."

„Gelacht“, wiederholte der Professor. „Nie davon gehört. Ist das schmerzhaft?“

„Du bist lustig“, sagte Millie und lachte wieder.

Eddy brauchte ein bisschen, um den winzigen Elefanten zu finden, der sich hinter einer Löwenzahnblüte versteckt hatte.

Er griff in seine Tasche und holte eine leere Rosinenpackung heraus, die er irgendwann mal da drinnen vergessen hatte. Sachte steckte er den Elefanten in die Pappschachtel, machte den Deckel zu und steckte sie wieder in die Tasche, wobei er sorgsam darauf achtete, dass sie aufrecht stand.

„Los geht's“, wandte er sich an Millie. „Wir müssen schleunigst hier weg, bevor die Zeit wieder normal wird.“

Millie blieb kurz stehen, um mit dem Zoowärter zu sprechen. Er hatte ihr immer noch den Rücken zugewandt und bewegte sich so langsam, als würde er durch dicken Sirup waten.

„Danke für den Efelant. Und ich glaube, jetzt brauchen Sie sich nicht mehr drüber zu ärgern, dass alle Sie Schnabel nennen. Tschüss, Rüssel!“

Damit hüpfte sie munter hinter ihrem Cousin her.

24. Kapitel

In dem jemand sehr von sich überzeugt ist

„Ich weiß es echt nicht“, seufzte Eddy. „Es gibt so viel zur Auswahl, und es ist so wichtig, dass ich das Richtige aussuche.“

Sie waren wieder zurück im Zentrum von Saltburn Sands. Der geschrumpfte Elefant steckte warm und geborgen in Eddys Hosentasche. Aber Eddy konnte sich immer noch nicht entscheiden, durch welchen Gegenstand er dem Großen Rat zur Bewahrung der Galaxievielfalt beweisen sollte, dass die Erde etwas ganz Besonderes und damit Erhaltenswertes war.

„Mach mal voran“, drängelte Millie.

„Ich finde, es sollte etwas sein, was die Menschen besonders gut können“, überlegte Eddy. „Vielleicht komme ich ja hier auf eine Idee.“

Sie standen gerade vor einer großen Anschlagtafel, die mit mehreren Plakaten beklebt war, auf denen verschiedene Veranstaltungen in Saltburn Sands angekündigt wurden.

„Mal schauen“, sagte Eddy. „Toll, was hier alles los ist. Ein Chorkonzert. Eine Theateraufführung. Eine Ausstellung zum

Thema Blumenstecken. Erwachsene reden doch ständig davon, wie viele großartige Filme und Bücher und Kunstwerke und Musikstücke es gibt. Vielleicht könnten wir dem Großen Rat ja so was zeigen?"

„Wir könnten Musik machen", schlug Millie vor. „Ich könnte meinen Rekorder holen. Wir haben in der Schule neulich ein Lied gelernt, das heißt ‚Das frohe C'. Und das geht so: Tuut-tuuut-tuut ... Tuut-tuut-tuut. Tuuuuuuut-tuuuuuuut-tuuuuuuuuuuuuuut. Tuut-tuut-t..."

„Das ganze Lied besteht aus einem einzigen Ton?", fragte Eddy.

„Ja, aus dem hohen C. Aber nach den Ferien lernen wir dann noch eine zweite Musiknote dazu."

„Ich dachte, ihr wolltet euren Planeten retten", schaltete sich der Professor ein. „Aber wenn man euch so zuhört, könnte man meinen, ihr wollt ihn zerstören."

„Quatsch", sagte Millie. „Als wir das in der Schule aufgeführt haben, haben alle Mamas und Papas gelächelt. Und ein paar sogar richtig laut gelacht. Einer hat so doll gelacht, dass er vom Stuhl gefallen ist."

„Vielleicht wäre ein Gemälde besser ...", sagte Eddy. „Moment mal, was ist das?"

Er starrte auf das Plakat direkt vor ihm.

TAG DER OFFENEN ATELIERTÜR. NUR HEUTE!
Eine einmalige Gelegenheit, die neuesten Gemälde des international berühmten Künstlers
MAXTON BANDERFIELD
zu bewundern. Erster Eingang links.
Keine Getränke und Häppchen.

„Das klingt doch vielversprechend", sagte Eddy.

Das Atelier des berühmten Künstlers war ein geräumiges Loft, durch dessen riesige Glasfront man auf den Ozean hinausblickte. Mehrere Leute wanderten von einem Gemälde zum anderen, die in allen Größen und Formaten an den drei Wänden hingen, die nicht aus Glas bestanden. Ein groß gewachsener Mann mit Ziegenbärtchen und einem Overall voller Farbkleckse stand vor einer Staffelei, auf der ein unfertiges Bild thronte, und sprach mit einer jungen Frau, die jedes Wort von ihm mit einem tragbaren Rekorder aufnahm.

„... Gefühl", sagte der Maler gerade. „Ich glaube, ich habe meinen Erfolg als Künstler meinem Gefühl zu verdanken. Und natürlich meinem überwältigenden Talent. Vergessen Sie bitte nicht, das in Ihrem Zeitungsbericht zu erwähnen."

Eddy schaute sich im Raum um. Auf den meisten Gemälden waren an den Strand krachende Wellen und sprühende

Gischt abgebildet. Dies war das Werk eines weltberühmten Malers. Eines dieser Kunstwerke war doch sicherlich geeignet, den Großen Rat zu beeindrucken. Aber welches?

„Mann!", rief Millie und stapfte auf den Künstler zu. „Hast du die alle gemacht?"

„Ah, die junge Generation." Der Mann lächelte. „Ich sage immer, man muss die junge Generation fördern. Ja, die habe ich gemalt. Nein, nicht anfassen! Nein, auch die anderen nicht. Am besten gar nichts."

„Hast du auch welche mit Ponys drauf?", fragte Millie.

„Kind, ich male die See, die See mit all ihren Stimmungen und Geheimnissen", erklärte Banderfield. „Und keine Ponys."

„Könnten doch Ponys beim Schwimmen im Meer sein", beharrte Millie. „Ponys können nämlich gut schwimmen. Und dann müsstest du nicht mal ihre Beine malen. Die Beine sind nämlich am schwersten, finde ich. Malst du deswegen immer nur das Meer, weil du keine Beine kannst?"

„Wirklich herzallerliebst, das Kind", sagte Banderfield. „Und jetzt lauf, na los, geh schon."

„Nein danke", sagte Millie.

„Welches Bild halten Sie für Ihr bestes?", fragte Eddy.

„Ich sage immer, mein bestes Bild ist mein nächstes Bild", erwiderte der Maler. „Das können Sie gern auch in Ihrem Artikel erwähnen", wies er die Reporterin an.

Millie schaute auf die halb bemalte Leinwand auf der Staffelei.

„Kannst du das bitte schnell fertig malen?“, bat sie. „Das brauchen wir nämlich noch heute. Sonst klaut der Kater das ganze Wasser, und dann wird’s dir leidtun, weil dann gar kein Meer mehr da ist, und dann musst du was anderes malen und lernen, wie man Beine richtig malt. Also, können wir uns das Bild ausleihen, wenn du damit fertig bist?“

„Diese überbordende kindliche Fantasie!“, sagte Banderfield. „Was für eine kostbare Gabe.“ Er beugte sich zu Millie hinunter und flüsterte ihr ins Ohr: „Nein, das Bild könnt ihr nicht haben. Und jetzt verzieh dich, und hör auf, mich zu nerven.“ Damit machte er auf dem Absatz kehrt und führte die junge Reporterin zum Fenster.

„Das hier wird’s auch tun“, sagte Eddy, schlich sich an eins der kleineren Bilder heran, nahm es von der Wand und klemmte es unter seine Jacke. „Hübsche Farben. Hoffentlich gefällt es dem Großen Rat auch. Jetzt muss ich nur noch die Zeit verlangsamen, damit wir von hier wegkommen.“ Er griff mit der freien Hand in seine Tasche und holte das Schrumpfgerät heraus.

„Diesmal bin ich dran!“, rief Millie. „Ich will das machen!“

Schon drehten mehrere Leute die Köpfe, um zu sehen, warum das kleine Mädchen so herumschrie.

„Pst!“, zischte Eddy. „Wir wollen doch nicht, dass die merken, was wir hier machen.“

„Dann gib mir das Ding!“, sagte Millie und schnappte sich

das Handy. Einen Augenblick später hämmerte sie mit ihren Fingerchen auf die Tasten ein.

1-2-3.

„Das ist verkehrt herum“, warnte Eddy.

„Ach du lieber Himmel“, stöhnte Professor Blubblub-blabblubblubblubblab.

„Drück 3-2-1“, sagte Eddy.

„Hab ich doch“, sagte Millie.

„Ich glaube, wir haben ein Problem“, sagte der Professor.

„Es funktioniert nicht“, jammerte Millie.

Aber es funktionierte.

„Lauf!“, schrie Eddy.

Denn unglücklicherweise funktionierte das Gerät zwar, aber auf genau die entgegengesetzte Weise. Eddy griff nach Millies Hand und schleifte seine Cousine so schnell wie möglich Richtung Tür. Doch alle anderen Leute im Raum bewegten sich schneller. Viel schneller. So schnell, als würden sie in einem Film mitspielen, der auf Extrem-Schnelldurchlauf gestellt war.

„Was ist denn passiert?“, fragte Eddy.

„Wenn man die Zahlen in der umgekehrten Reihenfolge drückt, beschleunigt das Gerät alles“, erklärte der Professor. „Es hat die Zeit in die verkehrte Richtung geschubst.“

Eddy spürte, wie mehrere Hände nach ihm griffen. Kaum schaffte er es, eine Hand abzustreifen, schon hielten ihn fünf andere fest. Stimmen keckerten wie wild gewordene Hamster auf ihn ein. Jemand quietschte in ein Telefon.

„Wie lange dauert das?“, fragte Eddy.

„Ungefähr dreißig Sekunden“, antwortete der Professor. „Aber für alle anderen sind es zehn Minuten.“

Die Sekunden vergingen wie in einem Blitzlichtgewitter unzähliger Bewegungen. Eddy und Millie wurden hochgehoben und in einer Dunstwolke aus Leibern nach draußen getragen. Die Welt entrollte sich mit unglaublicher Geschwindigkeit. Und als sie endlich wieder zu ihrem Normalzustand zurückkehrte, saßen Eddy und Millie längst auf dem Rücksitz eines Polizeifahrzeugs.

25. Kapitel

In dem jemand hinderlich ist

„Beweisstück A", sagte Sergeant Wachtmeister. „Ein original Banderfield." Er knallte das Gemälde neben seinen kleinen Weihnachtsbaum auf den Empfangstresen der Polizeiwache von Saltburn Sands. „Also?"

„Wir wollten es nur kurz ausleihen und dann wieder zurückbringen", sagte Eddy.

Ob er es schaffen könnte, das Schrumpfgerät noch mal einzusetzen? Einfach die Zeit manipulieren – diesmal richtig herum – und dann abhauen? Aber als Eddy in seine Tasche griff, war das Handy verschwunden.

„Im Gesetzbuch wird so etwas Diebstahl genannt, junger Mann", sagte der Sergeant. „Ist dir bewusst, in was für einer problematischen Situation du dich jetzt befindest?"

„Ja, absolut." Eddy versuchte alles, um die Lage zu entschärfen. Sie mussten schleunigst raus hier, und wenn er sich extrem höflich und reumütig gab, hatten sie vielleicht bessere Chancen.

Millie schien das ebenfalls begriffen zu haben. „Wir sind

doch nur zwei Kinder, die ein bisschen spielen wollten", sagte sie. „Und Sie sind doch so ein netter und schlauer Polizist. Also bitte, lassen Sie uns doch laufen."

„Also ...", setzte Sergeant Wachtmeister an.

„Wovon redest du da?", meldete sich der Professor in Millies Magen. „Der Mann ist ganz offensichtlich ein totaler Idiot, der keine Ahnung hat, was um ihn herum passiert."

„Wie war das?", polterte der Sergeant.

„Hören Sie nicht auf sie", ging Eddy dazwischen. „Sie hat nur was getrunken, was ihr nicht gut bekommen ist."

„Soll das ein Witz sein? Ich hab doch eine Stimme gehört. Du hast wieder den Bauchredner gespielt, was? Jetzt hör mal gut zu, Freundchen, ich habe da zwei gut gemeinte Tipps für dich. Erstens: Die Stimme, die du nachgemacht hast, passt überhaupt nicht zu einem kleinen Mädchen. Viel zu tief. Und zweitens: Wenn du es darauf anlegst, in den Knast zu wandern, bist du gerade auf dem besten Wege dahin. Also, Schluss mit dem Unsinn. Verstanden?"

„Verstanden", erwiderte Eddy und warf einen Blick auf die Uhr an der Wand. Das Treffen mit dem Großen Rat zur Bewahrung der Galaxievielfalt sollte schon in einer guten Stunde stattfinden. Wenn sie jetzt eingesperrt wurden, wäre das also die totale Katastrophe. „Das haben wir alle verstanden, nicht wahr?", fügte er hinzu.

„Ja", sagte Millie. „Und Horrisboris hat das auch verstanden." Ihr Magen grummelte leise.

„Dann wollen wir uns mal anschauen, was wir in euren Taschen so alles gefunden haben", sagte Sergeant Wachtmeister und hielt einen durchsichtigen Plastikbeutel hoch.

Darin konnte Eddy ein paar Münzen erkennen, ein Stück Draht, glitzerndes Lametta, die Rosinenschachtel mit dem geschrumpften Elefanten darin, und dazu das Schrumpfgerät, das im Inneren seines kaputten Handys verborgen war. Offenbar hatte der Sergeant nach der Festnahme ihre Taschen durchsucht. Das allerdings war Eddy genauso entgangen wie alles andere, das in den zehn Minuten der beschleunigten Zeit geschehen war.

„Vielleicht finden wir darin ja noch etwas, was ihr euch ausgeliehen habt, ohne um Erlaubnis zu fragen?" Der Sergeant kippte den Inhalt des Plastikbeutels auf dem Tresen aus.

„Mit der Schachtel bitte vorsichtig umgehen", sagte Eddy.

„Warum, was ist denn drin?"

„Ähhh ..." Eddy biss sich auf die Zunge. Die wahrheitsgemäße Antwort war bestimmt nicht das, was ihnen jetzt helfen würde.

Millie schien das anders zu sehen. „Ein Efelant", sagte sie.

„Na klar", sagte der Sergeant. „Ich hab doch gesagt, ihr sollt mit dem Schwachsinn aufhören. Ich wollte gerade eure Eltern anrufen und euch mit einer Verwarnung davonkommen lassen. Aber da ihr das alles anscheinend weiterhin superwitzig findet, werde ich euch jetzt erst mal in eine Zelle einsperren.

Mal schauen, ob ihr das Ganze in ein paar Stunden immer noch so witzig findet."

„Bitte nicht", flehte Eddy. „Bitte lassen Sie uns laufen. Es tut uns leid, wirklich sehr leid. Und wir haben beim besten Willen keine paar Stunden Zeit mehr."

„Das zu beurteilen überlässt du mal schön mir", entgegnete der Sergeant. „Und das Handy schalte ich jetzt mal aus, das werdet ihr da drin eh nicht brauchen."

„Nicht!", brüllte der Professor in Millies Magen.

„Bitte glauben Sie mir", sagte Eddy. „Das Handy auszuschalten wäre eine wirklich, wirklich schlechte Idee. Denn wenn man das tut, dann ... dann geht das Gerät nicht mehr."

„Das ist ja auch Sinn der Sache", sagte Sergeant Wachtmeister und drückte auf den Aus-Knopf. Das Lämpchen erlosch, und eine Sekunde lang stand alles still. Aber dann ...

... wuchs der Elefant wieder zu seiner normalen Größe heran. Und zwar sehr, sehr schnell.

Wenn die Wucht eines explosionsartig wachsenden Elefanten auf eine kleine Pappschachtel trifft, wird der Gewinner in neunundneunzig von hundert Fällen einen Rüssel haben. Und im hundertsten Fall auch.

Die Schachtel zersprang in tausend Fitzelchen.

Der Elefant wuchs und wuchs immer weiter, breitete sich zu allen Seiten und nach oben aus, wobei er langsam, aber sicher die Decke anhob. Zerberstende Deckenplatten krachten zu Boden.

Der Tresen kapitulierte als Nächstes. Er gab es auf, sich gegen das massive Gewicht zu wehren, das plötzlich auf ihm lastete, und brach als ein Haufen splitterndes Holz und Kunststoff zusammen. Die Beine des Elefanten stampften auf dem Boden auf, während das Gemälde, das Schrumpfgerät, der Weihnachtsbaum und alles andere, was sich auf dem Tresen befunden hatte, in alle Richtungen flogen.

Lautlos klappte Sergeant Wachtmeister die Kinnlade runter. Schwer zu sagen, wer von den plötzlichen Geschehnissen mehr überrascht war – er oder der Elefant.

Das Tier jedenfalls schien von der Gefangenschaft endgültig den Rüssel voll zu haben. Erst hatte man es in eine Pappschachtel gestopft, und jetzt steckte es schon wieder fest, nämlich in dieser winzigen Polizeistation. Der Elefant wollte nur noch raus. Er wirbelte auf der Suche nach einem Fluchtweg um die eigene Achse herum.

Mit einem Elefanten in einem engen Raum eingesperrt zu sein ist keine besonders gute Idee. Wenn man nicht gerade selbst ein Elefant ist, wird man nämlich schnell feststellen, dass der Elefant ganz schön viel ist und man selber ganz schön wenig. Was ziemlich gefährlich ist. Extrem gefährlich, um genau zu sein.

Auf der Suche nach einem Ausgang machte der Elefant einen Schritt zurück.

Entsetzt bemerkte Eddy, dass der Elefant seinen riesigen rechten Fuß gleich da absetzen würde, wo das Banderfield-Gemälde und das Schrumpfgerät gelandet waren. Und sein riesiger linker Fuß befand sich direkt über Millies Kopf und würde sie gleich gegen die Wand quetschen.

Eddy musste etwas tun! Und zwar schnell. Links oder rechts? Sollte er ein Gemälde retten, das vielleicht die ganze Welt retten konnte? Oder seine Cousine wegzerren, bevor sie zu Brei zermalmt wurde?

Er stürzte los. In Richtung Millie.

Er packte sie beim Ärmel ihres rosa Prinzessinnenkleides und riss sie an sich, nur den Bruchteil einer Sekunde bevor das säulenartige Hinterbein des Elefanten gegen das Mauerwerk der Polizeiwache krachte. Und zwar so lautstark, dass das Knirschen, mit dem das Schrumpfgerät und das Gemälde unter dem anderen Hinterbein zu Staub zermahlen wurden, kaum zu hören war.

Da entdeckte der Elefant den Ausgang und stürmte hinaus, wobei er die Tür der Polizeistation zu einem riesigen runden Loch vergrößerte, durch das er nunmehr bequem hindurchpasste.

Endlich fand Sergeant Wachtmeister seine Stimme wieder. „Was?", stammelte er. Was die Situation doch ziemlich gut zusammenfasste.

„Ich hab dich doch gewarnt", sagte Millie. „Aber du wolltest ja nicht auf mich hören!"

„Ich bin nicht mal dazu gekommen, nach eurem letzten Besuch den Türknauf zu reparieren", murmelte der Sergeant und fragte sich, wie lange er wohl brauchen würde, um seinem Chef das alles zu erklären. Irgendwie hatte er das Gefühl, als würde sein Ruhestand doch schon viel früher anbrechen, als er eigentlich geplant hatte.

„Wir müssen jetzt weg", sagte Eddy.

„Dhhhh!", seufzte Sergeant Wachtmeister verwirrt.

„Wir haben es nämlich eilig", fügte Eddy hinzu. „Also dann!"

Er führte Millie durch das große Loch nach draußen. Die Polizeiwache war genauso zerstört wie ihre Pläne zur Rettung der Erde. Sie hatten keinen Elefanten mehr. Kein Gemälde. Und so gut wie keine Zeit mehr, bis der Große Rat eintreffen würde. Außerdem null Ahnung, was sie dem Großen Rat nun statt Elefant und Gemälde präsentieren sollten.

„Agent Roter Kater an Großes Malvalisches Kontrollschiff, ich erstatte Bericht. Konstruktion ist fast vollständig abgeschlossen. Bitte um Einsatz der Plünder-Flotte. Bericht Ende.“

Mehr brauchen sie nicht zu wissen, dachte Drax. *Es besteht keine Veranlassung, die Dinge komplizierter zu machen als unbedingt nötig. Oder mehr zu sagen als unbedingt nötig.* Was er herausgefunden hatte, musste in diesem Stadium der Operation keinerlei Rolle spielen, auch wenn es recht außergewöhnlich war. Eines der tubeoiden Wesen hatte etwas über die Informationsübertragungen gesagt – oder das Fernsehprogramm, wie es auf der Erde offenbar hieß. Und zwar, dass viele der Sendungen nicht die Wahrheit darstellten, sondern gelogen waren. Auch die Sendungen über Superhelden. Der Käferkerl mit seiner undurchdringlichen Panzerung und den rasiermesserscharfen Scheren. Der Hundeheld mit seinen Superkräften. Die Wetterfrauen, die allabendlich auf dem Bildschirm erschienen, um den Menschen zu erzählen, wohin sie den Wind, den Regen und den Sonnenschein schicken würden. Offensichtlich verfügte keiner von ihnen über die Fähigkeiten, über die zu verfügen sie immer behaupteten. Sie waren allesamt genauso falsch wie Drax' eigene Katerverkleidung. Wenn seine Vorgesetzten das erfuhren, würden sie bestimmt die Hälfte der Datenbank neu schreiben müssen. Und das würde ihnen garantiert nicht gefallen. Also musste Drax diese Informationen für sich behalten.

„Roter Kater." Irgendwie gefiel ihm der Name inzwischen. Hatte schon so was Stolzes an sich ... Ein Name, der den Katzenwachen sofort Respekt einflößte.

Vielleicht war es doch zu voreilig von ihm gewesen, die Katzen abzuschreiben. Einige ihrer Tätigkeiten waren durchaus attraktiv, vor allem diejenigen, bei denen kleine pelzige Dinger beteiligt waren, die wegrannten, wenn man sie jagte, oder auch kleine gefiederte Dinger, die wegflogen, wenn man sie scheuchte. Drax hätte zu gern viel mehr über die kleinen Dinger jeder Art erfahren. Aber irgendwie schaffte er es nie, nahe genug an sie ranzukommen. Zumindest noch nicht. Aber er konnte immer noch auf ein nächstes Mal hoffen.

Jetzt brauchte er erst mal Schlaf. Noch so eine gute Einrichtung bei den Katzen – regelmäßige, über den Tag verteilte erholsame Nickerchen. Drax streckte sich gähnend. Kürzlich war ihm schon aufgefallen, dass er angefangen hatte, ein seltsames Geräusch zu erzeugen, wenn er sich entspannte. Die tubeoiden Wesen nannten es Schnurren. Das machten auch alle echten Katzen. Darüber würde Drax noch mal gründlich nachdenken müssen. Sobald er wieder aufwachte.

26. Kapitel

In dem jemand gar nicht nett ist

„Das ist eine Katastrophe“, sagte Eddy.

Als er und Millie zum Podul zurückkehrten, hockte Henry niedergeschlagen vor den qualmenden Überresten eines ausgebrannten Pappkartons, der mit angekokelten Streifen Alufolie umwickelt war. Sein Gesicht und sein Bart waren schwarz vor Ruß, und um ihn herum verstreut lagen mehrere Haufen misslungener Pasteten.

„Ich bin wohl etwas aus der Übung“, sagte Henry. „Erst hab ich den Teig nicht richtig hingekriegt. Und dann die Füllung. Und dann ist mir der Feldofen abgefackelt. Bis der Regen das Feuer gelöscht hat. Ich glaube, deswegen sind die Pasteten an manchen Stellen etwas zu dunkel geworden. Und an anderen Stellen zu hell geblieben.“

Eddy hob eine der Pasteten auf. Auf der einen Seite war sie steinhart und schwarz, auf der anderen Seite blass und beinahe noch roh. Und das ganze Ding war so flach, als hätte sich ein

Flauschi-Wauschi-Kuschelhasi draufgesetzt und es platt gedrückt.

„Nächstes Mal kriege ich es bestimmt besser hin", versprach Henry.

„Es gibt aber kein nächstes Mal", sagte Donnerstag, der die Szenerie von einem Baum aus betrachtete. „Der Große Rat zur Bewahrung der Galaxievielfalt wird jede Minute hier sein."

„Vielleicht ist die hier ja gar nicht so übel", sagte Henry und hielt eines seiner krustigen Opfer hoch. „Zumindest sieht die nicht ganz so wie ein gebackener Kuhfladen aus wie die anderen." Aber da zerfiel die Pastete in seiner Hand in mehrere Stücke und hinterließ auf seinen Fingern eine dicke Spur aus brauner Soße.

„Es ist ja nicht nur das mit der Pastete", sagte Eddy. „Es ist ... einfach alles! Kein Elefant. Kein Gemälde. Und in Saltburn Sands hatten wir auch keine Zeit mehr, uns was anderes einfallen zu lassen, weil wir uns so beeilen mussten, rechtzeitig wieder hier zu sein."

„Ich sag's euch nur ungern, Kleiner", meldete sich Donnerstag zu Wort, „aber eure Chancen, den Rat zu beeindrucken, stehen nicht gerade gut."

„Vielleicht finden wir ja doch noch irgendwas, was wir ihnen zeigen könnten", sagte Eddy und schaute sich um. Der winterlich kahle Wald. Der graue Himmel. Das gefallene Laub. Der durchweichte Boden. „Ach, ich weiß auch nicht. Vielleicht

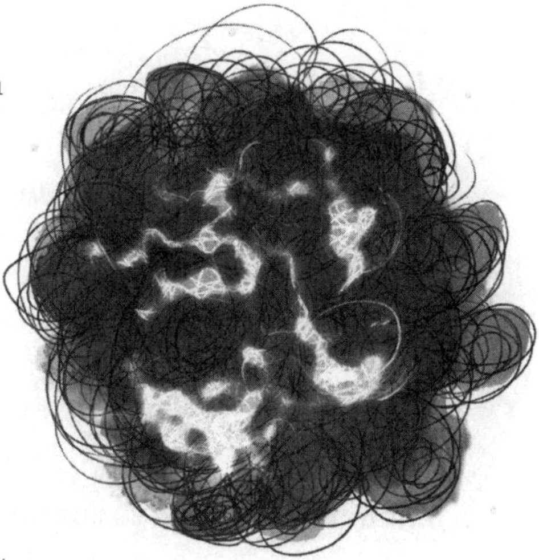

finden sie die Landschaft auch einfach schön und erhaltenswert?“

„Das werden wir ganz bald rausfinden“, sagte Donnerstag. „Da kommen sie schon.“

Eine Wolke lila Rauch bauschte sich wie aus dem Nichts auf, wuchs und quoll immer weiter, bis sie schließlich so groß war wie Eddy. Winzige Lichtblitze knisterten im Inneren der Wolke.

„Sind wir schon da?“, knödelte eine Stimme aus dem pflaumenlila Nebel heraus.

„Oje“, sagte eine zweite. „Sieht ein bisschen aus wie eine Schutthalde, oder?“

„Wir haben Winter“, gab Eddy zu bedenken. „Sie sollten die Landschaft mal im Sommer sehen. Alles üppig grün bewachsen, blauer Himmel – wunderschön.“

„Wer hat sich an den Großen Rat zur Bewahrung der Galaxievielfalt gewandt?“, fragte die erste Stimme.

„Das war ich“, sagte Eddy. „Mein Name ist Eddy Stone, und ich will die Erde retten.“

„Na, dann hast du jetzt aber schon mal keinen guten ersten Eindruck gemacht“, sagte die erste Stimme. „Wahrlich nicht.“

„Da haben wir schon sehr viel bessere Auftritte gesehen“,

fügte die zweite hinzu. „Wenn du uns beeindrucken willst, musst du dir schon was Besseres einfallen lassen."

„Das klingt jetzt vielleicht ein bisschen arrogant", schaltete sich eine dritte Stimme ein, „aber wenn man schon von so vielen hochentwickelten Spezies in der Galaxie angerufen wurde, wenn man darüber entscheiden kann, ob ganze Planeten leben oder sterben sollen, wenn man über die Naturgewalten des Universums herrscht und jeden, der einem widerspricht, jederzeit bestrafen kann, so zum Beispiel ..."

Ein Blitz schoss aus der lila Wolke hervor und verwandelte einen nahe stehenden Baum in ein Häuflein qualmende Asche.

„... dann ist es ja wohl nicht zu viel verlangt, dass man was geboten bekommt, oder? Einen roten Teppich, ein bisschen Empfangsmusik ..."

„Ich könnte ‚Das frohe C' singen", bot Millie an.

„Bitte nicht", sagte Henry.

„Ich hatte auf ein paar Drinks und Snacks gehofft", sagte die zweite Stimme.

„Ich muss mich für meinen Vorredner entschuldigen, Eure Universitäten", schaltete sich Donnerstag ein. „Sie haben es hier mit schlichten Tubeoiden zu tun, die nicht viel Ahnung haben, wie man sich in Gegenwart solcher hohen Autoritäten benehmen muss."

„Ja, ja, jetzt zeigt uns endlich mal die drei Sachen, die eurer Meinung nach beweisen sollen, dass dieser Planet erhaltenswert ist", sagte die erste Stimme.

„Und lasst euch nicht zu lange Zeit“, fügte die zweite hinzu. „Ich muss nachher noch auf eine wichtige Dinnerparty.“

„Wie bitte?“, sagte Eddy. „Hier geht es um das Schicksal eines ganzen Planeten, und ihr macht euch nur Sorgen darum, ob ihr rechtzeitig zum Abendessen kommt?“

„Ich möchte mich noch einmal in aller Form entschuldigen, Eure Hochwohlgeborenitäten“, sagte Donnerstag. „Er wollte damit nicht ...“

„Bla bla“, unterbrach ihn die erste Stimme. „Ihr vergeudet hier unsere kostbare Zeit. Also, was habt ihr vorzuweisen?“

„Ich habe Pastete“, sagte Henry und reckte das am wenigsten deformierte Resultat seiner Bemühungen auf einem Stück Baumrinde in Richtung der Wolke vor. Eine lila Nebelschwade schlängelte sich hervor und wickelte sich um die Pastete, woraufhin diese sofort zu zerbröseln begann.

„Oh, fein“, sagte die zweite Stimme. „Damit halte ich hoffentlich bis zum Abendessen durch.“

„Das ist ein Beispiel dafür, welch exquisite Koch- und Backkunst auf unserem Planeten verbreitet ist“, versuchte Eddy das Beste aus der Situation zu machen. „Bitte beachten Sie die kunstvolle Zweifarbigkeit der Pastete, die unbeschreiblich schwer zu erreichen ist und dem Gericht eine besonders köstliche Note verleiht.“

„Hmmmm“, murmelte die erste Stimme. „Hab schon schlechtere Sachen gegessen.“

„Müsste nur noch mehr Salz dran“, sagte die dritte.

„Okay, und was kommt als Zweites?“, drängte die erste Stimme.

„Pudding?“, mutmaßte die zweite Stimme. „Das fände ich jetzt mal nett.“

„Um ehrlich zu sein, haben wir an dieser Stelle ein kleines Problem“, sagte Eddy. „Eigentlich wollten wir Ihnen ein Gemälde zeigen. Und einen Elefanten. Aber ...“

„Stattdessen“, mischte sich Millie ein und holte ein Blatt Papier hinter ihrem Rücken hervor, „bekommen Sie jetzt ein Bild von einem Efelant, das ich selber gezeichnet hab.“ Sie streckte der Wolke eine grellbunte Buntstiftzeichnung hin. „Efelanten sind genial. Und Gemälde auch. Also ist das hier auch genial. Danke sehr.“ Sie machte einen Knicks.

„Das hab ich gemacht, nachdem wir aus dem Zoo abgehauen sind“, flüsterte sie Eddy zu. „Ich hatte Papier und Stifte dabei, aber ich hab's nur so hingeschmiert.“

„Oje“, urteilte die dritte Stimme. „Keinerlei Gefühl für Form und Farbe, und dann die Technik ... grässlich.“

„Das ist vielleicht ein bisschen hart ausgedrückt“, sagte die zweite Stimme. „Wenn man genau hinsieht ... Irgendwie verfügt das Bild doch über einen besonderen unschuldigen Charme, oder nicht? Hm, nein. Du hast recht. Das Bild ist entsetzlich. Und was soll das überhaupt darstellen? Ein Wesen mit sechs Beinen ...“

„Das eine Bein ist der Rüssel und das andere der Schwanz“, erklärte Millie.

„Und diese großen runden Dinger? Sind das Räder?“

„Nein, das sind seine Ohren“, sagte Millie. „Du musst ganz schön doof sein, dass du das nicht weißt.“

„Also, bisher ist das eine ziemlich magere Präsentation“, fasste die erste Stimme zusammen. „Selbst für so primitive Lebewesen minderer Intelligenz, wie ihr es seid. Der dritte Gegenstand müsste jetzt schon etwas ganz Herausragendes sein, wenn ihr uns noch beeindrucken wollt.“

Der dritte Gegenstand!, dachte Eddy. *Welcher dritte Gegenstand?*

Aber dann schoss ihm ein Gedanke durch den Kopf. Vielleicht ... Sollte er es wirklich wagen? Aber was hatten sie denn noch zu verlieren?

„Wisst ihr was?“, rief Eddy. „Ich habe es wirklich satt, dass uns jeder einzureden versucht, wir wären dumm und nutzlos und seltsam, weil wir uns das Essen in den Mund stopfen. Mag sein, dass wir nicht das größte Gehirn des Universums haben, aber bisher sind wir damit trotzdem ganz gut klargekommen. Also: Die dritte Sache, die wir euch zeigen wollen ... sind wir.“

„Oje“, sagte die erste Stimme.

„Wir Menschen“, fuhr Eddy fort. „Okay, wir sind nicht perfekt. Wir machen Fehler und bringen Dinge durcheinander.

Aber wir tun unser Bestes, und wir sind lustig, und wir haben Träume, und wir versuchen, möglichst alles richtig zu machen. Und ich finde, das macht uns absolut zu etwas ganz Besonderem."

„Bist du fertig?", fragte die dritte Stimme.

„Na hoffentlich", sagte die zweite.

„Das war eine der schlechtesten Präsentationen, die ich je erlebt habe", verkündete die erste Stimme. „Aus meiner Sicht steht fest, dass an diesem Planeten nichts Besonderes dran ist. Er ist noch nicht mal unterer Durchschnitt. Ihr habt das viele Wasser gar nicht verdient. Da wird es wirklich besser sein, wenn die Malvalier sich das Wasser nehmen und es im Weltall verteilen, wo es von Nutzen sein kann."

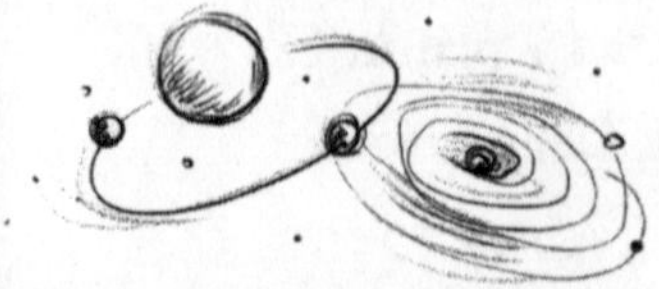

„Klar, und ein Vermögen damit verdienen", warf Donnerstag ein.

„Das ist nicht unser Problem", sagte die erste Stimme.

„Aber ...", setzte Eddy an.

„Nichts aber", schnitt die erste Stimme ihm das Wort ab. „Ihr hattet eure Chance."

„Die Dinnerparty wartet", sagte die zweite Stimme. „Du hast nicht zufällig noch so eine Pastete für mich, so als Reiseproviant?"

„Na, ihr habt vielleicht Nerven!", gab Henry zurück. Er steckte die Hand unter den Pullover und ließ einen ohrenbetäubenden, saftigen Achselfurz los. „Das war meine Antwort!"

„Dann haut doch ab!", rief Eddy. „Ich hoffe, ihr kriegt von eurem Abendessen Übelkeit und Durchfall!"

„Moment mal", sagte die erste Stimme. „Das möchte ich noch mal hören."

„Welchen Teil davon?", fragte Eddy. „Den mit dem Durchfall?"

„Dich meine ich nicht", sagte die Stimme. „Ich meine den da mit den Pasteten. Was hast du da gerade für ein Geräusch gemacht?"

„Was, das hier?" Henry klemmte sich die Hand in die Achselhöhle und furzte noch einmal.

„Außergewöhnlich", sagte die erste Stimme.

„Bemerkenswert", sagte die dritte.

„Das war ja noch gar nichts", sagte Henry und achselfurzte ein fröhliches Happy-Birthday-Lied in die Luft.

Wildes Gemurmel erfüllte die lila Rauchwolke, und unzählige Blitze huschten darin hin und her.

Und dann ...

„Einzigartig", sagte die zweite Stimme. „Wir kennen im gesamten Universum kein anderes Lebewesen, das mit dieser Technik solche Geräusche erzeugen kann. Du besitzt da eine ganz besondere Fähigkeit."

„Soll das heißen, die Erde wird gerettet?", rief Eddy. „Ihr habt eure Meinung geändert?"

„Nein, natürlich nicht", sagte die erste Stimme. „Dieser Planet ist immer noch eine einzige Müllhalde. Aber wir werden eine Empfehlung aussprechen, dass ein paar Exemplare eurer Spezies, die von besonderem Interesse sind, in einen Raumschiff-Zoo verfrachtet werden, bevor der Planet zerstört wird."

„In einen Raumschiff-Zoo?", wiederholte Eddy. „Aber da waren wir doch schon. Von dort mussten wir fliehen, um die Erde zu retten!"

„Na wunderbar, dann kennt ihr euch dort schon aus", sagte die erste Stimme. „Ihr könnt ja nachfragen, ob die euch wieder aufnehmen. Dann ist also alles in Butter."

„Aber ihr solltet euch ein bisschen beeilen", sagte die zweite Stimme. „Es heißt, die malvalische Plünder-Flotte sei schon unterwegs hierher. Die Entnahme des Wassers soll bereits morgen beginnen."

Damit löste sich die lila Rauchwolke in schleierige Schwaden auf und verschwand.

„Die waren aber gar nicht nett", sagte Millie. „Und was machen wir jetzt?"

27. Kapitel

In dem jemand verzweifelt ist

„Es tut mir leid", sagte Eddy. „Ich hab's vermasselt. Das Gemälde. Der Elefant. Alles."

„Hey, aber du hast es wenigstens versucht", sagte Henry.

„Aber ich hab nichts erreicht", entgegnete Eddy. „Jetzt kommt morgen die malvalische Plünder-Flotte und saugt das Wasser ab, und ich hab keine Ahnung, was man dagegen tun kann. Aber ich gehe garantiert nicht wieder in den Zookäfig zurück. Ich hau doch nicht mit dem Podul ab und lasse meine ganze Familie und meine Freunde hier im Stich. Wieso will bloß niemand auf uns hören? Wieso müssen wir immer alles allein schaffen?"

„Wir sind nicht allein", sagte Donnerstag. „Wir haben doch einander. Wir sind zusammen. Und vielleicht fällt uns doch noch ein, wie wir den Planeten retten können."

„Jippie!", rief Millie.

„Obwohl ich zu bedenken geben muss, dass es noch niemand geschafft hat, die malvalische Plünder-Flotte aufzuhalten, sobald sie mal da ist", sagte Donnerstag.

„Das war jetzt aber kein guter Einstieg", sagte Henry.

„Okay, dann fangen wir mal mit dem an, was Drax da in Tidemark Bay veranstaltet", schlug Eddy vor. „Professor, er bringt die Leute dazu, um den Hafen herum so eine Art Mauer aus glänzenden Gegenständen zu bauen. Sie sind doch Wissenschaftler. Haben Sie eine Ahnung, was das sein könnte?"

„Ich vermute, sie wollen den Hyper-Energie-Leuchtstrahl einsetzen, der sich im Raumschiff befindet", dröhnte der Professor aus Millies Magen heraus. „Sie brauchen die reflektierende Mauer, um den Strahl aufs Meer hinaus zu bündeln. Dann beginnt das Meerwasser zu kochen und verdampft in Form von Wolken, die von den Malvaliern dann geschrumpft und auf die Frachtschiffe geladen werden können."

„Und wenn wir versuchen, die Mauer zu zerstören?", fragte Eddy. „Bestimmt würden die Malvalier uns sofort bekämpfen, oder? Außerirdische haben doch immer so superstarke Strahlerwaffen und Lasertorpedos und so Zeug."

„Nein, auf fremden Planeten ist der Einsatz von Waffen verboten", erklärte Donnerstag. „Das würde gegen das Intergalaktische Gesetz verstoßen. Und Malvalier halten sich immer an das Gesetz. Haben sie auch gar nicht nötig, das Gesetz zu brechen. Sie können ihre Opfer doch jederzeit durch Hypnose dazu bringen, das zu tun, was die Malvalier wollen."

„Also, wenn wir diese Mauer zerstören könnten", schlussfolgerte Eddy, „dann könnten wir sie damit vielleicht aufhalten.

Aber das hieße, dass wir einen Weg finden müssen, an den Wachen vorbeizukommen. An den vielen Katzen. Mit den vielen Krallen."

„Klar kann man sie damit aufhalten", sagte Donnerstag. „Aber nur kurzfristig. Sie würden einfach eine neue Mauer bauen. Eine größere. Mit mehr Wachen drum herum. Das Wasser ist für sie einfach zu viel wert, als dass sie einfach so darauf verzichten würden. Es reicht also nicht, sie einmal zu besiegen. Sie werden nur aufgeben, wenn sie davon überzeugt sind, dass sie nie gewinnen können. Also müssen wir sie irgendwie glauben machen, dass sie schon verloren haben, bevor sie überhaupt richtig angefangen haben."

„Wir brauchen unbedingt einen Schlachtplan", sagte Eddy.

„Ach, du und deine Pläne immer", seufzte Henry. „Wie heißt es so schön: Erstens kommt es anders, und zweitens, als man denkt."

„Und was ist drittens?", fragte Millie.

„Du musst ja nicht mithelfen", wandte sich Eddy an Henry, „wenn du sowieso nicht daran glaubst, dass wir es schaffen können, den Planeten zu retten."

„Ich meine ja nur", grummelte Henry. „Natürlich helfe ich mit."

„Also gut", entschied Eddy. „Wir haben nur diese Nacht Zeit, uns was auszudenken. Wenn wir uns nur genug Mühe geben, bin ich sicher, dass uns etwas einfallen wird."

„Mir fällt nichts ein", sagte Eddy.

Er saß im Podul, umgeben von den Überresten der verkohlten Pasteten, die sie zum Abendessen abgeknabbert hatten. Henry hockte neben ihm und gab gelegentlich ein paar Töne auf seinem Achselfurzkissen zum Besten. Donnerstag hing auf halber Höhe kopfüber von der Wand. Millie lag auf dem Boden und döste, ihren Horrisboris fest umklammert.

„Ich schaff's einfach nicht." Eddy rieb sich mit dem Handrücken über die Augen, die vor Müdigkeit schmerzten. Er hätte so gern geschlafen, aber in seinem Kopf herrschte das reinste Chaos. Er gab sich solche Mühe, einen Plan zur Rettung der Welt auszuarbeiten ... Aber vergeblich.

„Es war schon schwer genug, auf Millie aufzupassen", sagte er. „Aber auf die ganze Welt aufzupassen – das ist zu viel für mich!"

Millie drehte sich im Schlaf. „Der Hundeheld", murmelte sie. „Der hilft uns bestimmt. Den kriegt niemand klein."

„Schön wär's", sagte Eddy. „Aber den Hundehelden gibt's nicht wirklich, das weiß doch jeder."

„Jeder Mensch schon", sagte Henry. „Aber die Malvalier eher nicht."

„Wie bitte?", sagte Eddy.

„Schon vergessen? Die Malvalier halten alles für echt, was im Fernsehen kommt. Was habt ihr ihm über den Hundehelden gleich noch mal erzählt? Dass er Superkräfte hat und ..."

„Und dass er stark und mutig ist und sich von nichts und

niemandem aufhalten lässt", ergänzte Eddy. „Das, was am Ende jeder Folge gesagt wird. Henry, du bist ein Genie!"

„Oh, das hat noch nie jemand zu mir gesagt", erwiderte Henry.

„Das glaub ich sofort", sagte Donnerstag. „Worüber redet ihr gerade?"

„Über den Hundehelden, das ist ein Hund in einer Fernsehserie", erklärte Eddy. „Er kämpft gegen Bösewichte – und geht immer als Sieger hervor. Und die Malvalier denken, dass er wirklich existiert. Tja, dann wollen wir ihn mal zum Leben erwecken. Wir werden den Malvaliern weismachen, dass sie gegen den Hundehelden keine Chance haben."

Er schnappte sich Millies Stifte und Papier. „Ja, das könnte funktionieren."

Schlagartig wachte Eddy auf. Die ersten Sonnenstrahlen fielen durch die Fenster des Poduls herein.

Bis spät in die Nacht war Eddy aufgeblieben und hatte mit Henry, Donnerstag und dem Professor (der sehr leise gesprochen hatte, um Millie nicht zu wecken) herumdiskutiert, Ideen aufgeschrieben und schließlich einen Plan geschmiedet, wie sie die Malvalier aufhalten und sie glauben machen konnten, dass sie es niemals schaffen würden, das Wasser der Erde zu stehlen.

Jetzt lag der Plan vor ihm ausgebreitet, bis in alle Einzelheiten und in bunten Farben ausgearbeitet. Achtzehn Stufen umfasste er. In der vergangenen Nacht war Eddy alles so klar und logisch erschienen, aber jetzt ... War der Plan nicht vielleicht doch zu kompliziert? Oder zu schwierig? Oder zu verrückt? Aber wie auch immer, eines wusste Eddy mit Sicherheit: Dieser Plan war das Einzige, was sie hatten.

28. Kapitel

In dem jemand erfinderisch ist

Der Plan. Stufe 1 – Alles besorgen, was wir brauchen werden

„Hier ist der Rest von meinem Weihnachtsgeschenkegeld“, sagte Eddy zu Henry. „Du gehst jetzt bitte nach Saltburn Sands und kaufst davon so viel Fisch wie möglich. Das Geld müsste für ziemlich viel reichen. Und an euch alle: Nicht vergessen, die malvalische Plünder-Flotte ist schon unterwegs, wir haben also keine Zeit zu verlieren.“

„Alles klar“, sagte Henry.

Eddy stopfte die Reste der Brathähnchen und Pasteten in seinen Rucksack, zog sich die Lametta-Mütze über den Kopf und machte sich auf den Weg nach Tidemark Bay. Millie und Donnerstag blieben im Podul.

Während der Nacht hatte es heftig geregnet, und nun war es bitterkalt da draußen. Der Boden war gefroren und rutschig, was Eddys Vorwärtskommen erschwerte.

„Wunderbarer Tag“, log er der Katzenwache am Stadtrand ins Gesicht.

Die Straßen waren menschenleer. Anscheinend waren alle schon am Hafen und bauten an der Metallmauer. Aber menschenleer war nicht katzenleer. Im Gegenteil, überall wimmelte es nur so von ihnen. Sie streunten nach Belieben durch die Gassen, auf denen kein einziges Auto fuhr, oder schlichen durch die weit offen stehenden Türen in jedes Haus hinein und wieder hinaus.

Eddy kam an einer kurzen Ladenzeile vorbei. Im Schaufenster der Metzgerei schmatzten sich mehrere Katzen durch ein mit Steaks beladenes Tablett. Und im Bekleidungsgeschäft nebenan tretelte eine Tigerkatze entrückt auf einem flauschigen rosa Pullover herum und würde ihn dank ihrer messerscharfen Krallen schon bald in einen Haufen Fetzen verwandelt haben.

Eddy schaffte es zu seinem Haus und schlüpfte durch die offene Tür hinein. Dann holte er ein Blatt Papier aus der Hosentasche – eine Liste mit den Sachen, die für den Plan unerlässlich waren. Als Erstes musste er in die Küche. Der Kühlschrank stand sperrangelweit offen, und auf dem Boden davor kugelte ein dicker grauer Kater samt einem Hähnchenschenkel hin und her. Als Eddy eintrat, schaute der Kater kurz hoch, dann widmete er sich wieder seiner Mahlzeit.

Eddy wollte das Tier schon aus dem Haus scheuchen, aber gerade noch rechtzeitig fiel ihm ein, dass in Tidemark Bay alle hypnotisiert waren und niemand die Katzen an ihrem Tun hinderte. Er musste sich so verhalten wie alle anderen, sonst würde er sich sofort verraten. Und so ließ er den Kater in Ruhe und sammelte die Sachen ein, die auf seiner Liste standen:

Küche:
Spülmittel
Tragbares Radio
Pfeffermühle
Strohhalme
Gabeln (6)

Dann machte er weiter die Runde durchs Haus und füllte nach und nach seinen Rucksack.

Schlafzimmer:
Wecker
Säckchen mit Murmeln
Badezimmer:
2 große Handtücher
Zahnbürste
Wohnzimmer:
Lametta (sehr viel)
Klebestreifen (im Schreibtisch)
Treppenschrank:
große Schraubenzieher
Hundeheld-Kostüm aus der Kiste mit Musterstücken
Tennisball
Garten:
Wäscheleine

Eddy holte tief Luft. So, das war der einfache Teil der Aufgabe gewesen. Und jetzt kam der schwierigere. Er verließ das Haus durch die Hintertür und arbeitete sich über den vereisten Boden vorsichtig zum Ende der Straße vor.

Im Clifftop Cottage ließ nichts darauf schließen, ob sich jemand darin aufhielt. Eddy spähte durch die eisverkrusteten Streben des hohen Metallzauns – der große Hund musste doch hier irgendwo sein? Vielleicht wenn er ein bisschen Lärm machte ... Ängstlich drückte Eddy die Gartentorklinke runter, und der Schnappriegel glitt mit einem leisen Quietschen zur Seite.

Eine Sekunde später sprang Eddy erschrocken zurück, als eine massige schwarze Gestalt mit Monsterpranken und sabbernden Lefzen sich mit einem mächtigen Wumm! von innen gegen die Gartenpforte warf. Eddys Herz wummerte zum Zerspringen.

Brutus stand auf den Hinterbeinen, die Vorderpfoten gegen die Gartentür gestemmt, und starrte auf Eddy herab.

„Woff!", machte er.

„Hallo, Schnucki", sagte Eddy, die Stimme zitterig und zauderig und zögerlich. Dann griff er über die Schulter in seinen Rucksack und holte eine von Henrys Pasteten heraus.

„Guck mal, was ich hier für dich hab." Er schleuderte die Pastete über den Zaun.

Brutus wirbelte herum und stürzte sich grunzend auf das kulinarische Mitbringsel. Er verschlang die Pastete mit einem einzigen mächtigen Happs, dann warf er sich wieder gegen den Zaun.

„Woff!" Aber diesmal hörte es sich so an, als würde er Eddy nicht mehr unter allen Umständen als Hauptgericht verspeisen wollen. Sein Maul klappte auf, seine tropfende Zunge wabbelte über eine Reihe spitzer gelber Zähne.

„War das lecker?“, fragte Eddy. „Du willst doch bestimmt noch so eine haben, oder?“ Er holte eine zweite Pastete aus dem Rucksack und streckte sie Brutus mit bebender Hand entgegen, und zwar so, dass sie gerade noch außerhalb seiner Reichweite war.

Aber der Hund quetschte seine Schnauze durchs Zaungitter, schnappte Eddy die Pastete aus der Hand, legte den Kopf in den Nacken und ließ sich den Riesenhappen in den Schlund rutschen.

„Woff!"

„Die magst du, was?“

Brutus wippte mit dem Schwanz hin und her. Eddy holte eine dritte Pastete heraus, legte sie vor sich auf den Boden und drückte dann langsam und mit pochendem Herzen die Klinke runter.

Brutus stürmte sofort los. Die Gartentür schwang weit auf und knallte gegen den Zaun, als der Hund sich hindurchzwängte und die Pastete mit einem Happs verschlang. Dann schaute er zu Eddy hoch, sperrte das Maul auf und ... schleckte Eddy die Hand ab.

„In Wirklichkeit bist du nur ein riesengroßes Kuscheltier, stimmt's?", sagte Eddy.

„Woff!", machte Brutus und wedelte wieder.

„Möchtest du vielleicht Gassi gehen?"

Eddy holte die Wäscheleine aus seinem Rucksack, legte sie doppelt und schob ein Ende unter Brutus' Halsband hindurch. Der Hund hüpfte aufgeregt auf und ab, während Eddy ihn zielstrebig Richtung Podul führte.

29. Kapitel

In dem jemand fischig ist

Der Plan. Stufe 2 – So viele Katzen wie möglich vom Hafen weglocken

„Ja, alles klar“, sagte Henry. „Ich geh mit meinem ganzen Fisch nach Tidemark Bay und versuche, so viele Katzen wie möglich von der großen glänzenden Mauer im Hafen fernzuhalten. Wenn ich unterwegs Katzen begegne, werfe ich ihnen was zu fressen zu, damit sie beschäftigt sind. Wenn ich im Hafen bin, locke ich mit den restlichen Fischen so viele Katzen da weg, wie ich nur kann. Dann suche ich mir ein Versteck und warte, bis ihr kommt.“

„Und wir geben dir dreißig Minuten Vorsprung“, fügte Eddy hinzu. „Ach ja, das hier wirst du brauchen.“ Er umwickelte Henrys Kopf mit einem langen Strang Lametta und befestigte die Enden mit Klebestreifen an seinen Ohren. „Damit du nicht hypnotisiert wirst. Viel Glück. Und pass bitte auf dem Eis auf.“

Eddy, Millie und Donnerstag sahen Henry nach, als er

über das vereiste Straßenpflaster Richtung Tidemark Bay verschwand.

„Und jetzt müssen wir uns für unseren Einsatz vorbereiten", sagte Eddy.

„Woff!", machte Brutus, der inzwischen entschieden hatte, dass diese Leute, die ihm ständig leckere Pasteten spendierten, seine neuen besten Freunde waren. Millie fütterte ihn mit einer Portion, während Eddy ihm einen Hundehelden-Umhang auf den Rücken schnallte. Donnerstag setzte dem Hund eine mit Lametta umwickelte Hundehelden-Mütze auf den Kopf und machte sie unter seinem Kinn fest. Dann vervollständigte Eddy das Kostüm mit der schwarzen Maske. Das berühmte Pfotenabdruck-Logo glänzte golden im blassen Wintersonnenlicht.

„Er sieht genauso aus wie im Fernsehen", sagte Millie. „Wie der echte Hundeheld – er ist stark und mutig, und dank seiner Superkräfte kann nichts und niemand ihn aufhalten."

„Und genau das werden die Malvalier auch denken", sagte Eddy.

„Ein echt cleverer Plan, Kleiner, das muss ich dir lassen",

lobte Donnerstag. „Zumindest wenn er funktioniert. Wenn nicht, dann ist es nur ein komplizierter, völlig bekloppter Plan."

„Er wird funktionieren", sagte Eddy. „Er muss."

Henry hatte inzwischen fast den ganzen Weg nach Tidemark Bay geschafft. Unterwegs hatte der Geruch der Fische, die er bei sich trug, schon unzählige Katzen angelockt. Henry warf ihnen ganze Armladungen Barsch und Hecht und Hering zu und eilte schnell weiter, während die Katzen sich fauchend um die besten Bissen stritten.

Er näherte sich dem Hafen durch eine schmale Hintergasse und hielt dabei nach etwaigen Wachposten Ausschau. Henry breitete eine Ladung Fische vor einem Holzzaun aus, dann schlich er durch die Schatten zu der Mauer aus Spiegeln und glänzenden Metallgegenständen. Hier hatten sich überall Katzen aufgestellt oder liefen im Hafen Patrouille, während die Einwohner von Tidemark Bay unvermindert glitzernde Metallteile herbeischleppten, um damit die letzten Lücken in der Mauer zu schließen.

Henry duckte sich in einen Hauseingang, holte zwei Bücklinge aus seiner Jackentasche und fuchtelte damit über seinem Kopf herum. Sofort drehten die nächststehenden Katzen den Kopf, schnupperten in der Luft und kamen auf der Suche nach der Geruchsquelle langsam auf Henry zu. Weitere Katzen schlossen sich an, immer mehr und immer mehr, bis schließlich jede Katze, die an der Metallmauer Wache schob, ihren

Posten verlassen hatte und in Richtung des unwiderstehlichen Duftes strebte. Als die ersten Tiere schon ganz nah waren, warf Henry die Bücklinge zu den anderen Fischen, die er auf dem Boden ausgebreitet hatte. Die Katzenwelle wogte an ihm vorbei und stürzte sich auf die unerwartete Mahlzeit.

Henry wandte sich wieder dem Hafen zu, versuchte, das Schmatzen und Mampfen hinter sich zu ignorieren, und wartete auf Eddys Eintreffen.

Wie heißt es so schön? Gib einer Katze einen Fisch, und sie wird einmal satt werden. Zeig einer Katze einen Mann mit einem Sack voll Fisch, und sie wird ihm ohne zu zögern folgen.

Denn hinter Henrys Rücken strömten die Katzen, die er unterwegs gefüttert hatte, nunmehr auch über den Holzzaun herbei. In der Hoffnung auf noch mehr Fisch waren sie seiner Duftspur gefolgt und gesellten sich jetzt zu der Meute, die er vom Hafen weggelockt hatte. Von Henry unbemerkt, hatten sich somit erst hundert, dann zweihundert und schließlich unzählige Katzen versammelt.

Eddys Plan hatte vorgesehen, so viele Katzen wie möglich vom Hafen wegzulocken. Doch stattdessen hatte Henry unbeabsichtigt so ziemlich jede Katze in der Stadt in den Hafen gelockt. Die Tiere schlangen die Fische restlos hinunter, dann kauerten sie sich hin und musterten Henry mit gierigen Augen.

30. Kapitel

In dem jemand nicht aufzuhalten und nicht auszuhalten ist

Der Plan. Stufe 3 – Eddy und Brutus jagen die verbliebenen Katzen davon und lenken Drax ab. Henry, Donnerstag und Millie schlagen sich zur Metallmauer durch und lösen mit den Schraubendrehern die Schrauben, die das Ganze zusammenhalten.

Vom intensiven Katzengeruch geleitet, zog Brutus heftig an der Wäscheleine, die an seinem Halsband befestigt war. Das andere Ende der Leine hatte sich Eddy mehrmals um die linke Hand gewickelt. Der riesige Hund war zu kräftig, als dass Eddy ihn hätte aufhalten können, zudem schien er den Befehl „Bei Fuß!“ entweder nicht zu kennen oder er war ihm komplett schnurz. Jedenfalls wurde Eddy so heftig vorwärtsgezerrt, dass er streckenweise richtig laufen musste und manchmal sogar über den eisigen Boden schlitterte. Donnerstag und Millie, die ihren Horrisboris an sich drückte, hatten Mühe, mit den beiden Schritt zu halten.

Als sie sich dem Hafen näherten, gab Eddy Millie ein Zeichen. Sie holte tief Luft, riss den Mund auf und kreischte: „Jaaaaaaa! Das ist der Hundeheld! Er ist stark und mutig und hat Superkräfte, und nichts und niemand kann ihn aufhalten!"

„Die Kleine ist aber ganz schön laut!", sagte Donnerstag.

„Und für mich noch viel lauter", grummelte Professor Blubblubblabblubblubblubblab aus Millies Magen hervor. „Ich habe schon explodierende Kometen erlebt, die leiser waren."

Nachdem sie um die letzte Ecke gebogen waren, kam der Hafen in Sicht, und mit ihm die Menschenmenge, die sich an der glänzenden Mauer versammelt hatte.

„Da!", raunte Eddy, während Brutus ihn unbeirrt weiterzerrte. „Keine Katzen. Henry hat das toll gemacht. Anscheinend hat er alle weggelockt. Jetzt müssen wir nur noch Drax ablenken, damit die anderen unbemerkt zur Mauer gelangen können."

Und da war er auch schon, Drax G'varglestarg, in Gestalt des Roten Katers. Er lag auf dem silbernen Würfel seiner Kommunikationsplattform, mitten auf der Hauptstraße, und schlief tief und fest.

Brutus waren Namen vollkommen egal. Und Aliens in künstlichen Körpern auch. Für ihn war Drax einfach eine Katze. Und Brutus wusste, was man mit Katzen zu tun hatte. Katzen waren dazu da, dass man sie jagte.

Mit einem lauten **Woff!** stürmte er über den gefrorenen Boden voran. Mit jedem Meter wurde er schneller, kratzten seine mächtigen Pranken lauter über die eisige Erde. Eddy rutschte und glitschte hilflos am anderen Ende der Leine hinterher.

Das war der Augenblick, auf den Henry gewartet hatte. Er trat aus der schattigen Gasse heraus und machte sich mit einem klappernden Schraubenzieher-Set in der Hosentasche auf den Weg zur metallischen Mauer.

„Na los!", rief er Millie und Donnerstag zu.

Das fassten die zweihundert oder mehr Katzen, die hinter ihm gewartet hatten, als ihr Stichwort auf. Die Katzenlogik besagte nämlich: Wenn der Mann mit Fisch sich bewegte, dann doch sicher nur, um noch mehr Fische zu holen, um sie damit zu füttern. Also rannten sie los, hinter Henry her, umringten ihn, miauten ihn an und tatschten nach ihm, bettelten und umzingelten ihn, sodass ihm der Weg komplett abgeschnitten war. Henry hätte keinen Schritt mehr machen können, ohne über einen pelzigen Leib zu stolpern. Millie und Donnerstag erging es nicht besser. Der Plan, zur glänzenden Mauer zu gelangen und dort die Schrauben zu lösen, die das Ganze zusammenhielten, war nun eindeutig nicht mehr durchführbar.

Mit anderen Worten: Stufe 3 des genialen Plans war für die Katz.

Der auf der Hauptstraße arglos und tief schlummernde Drax hatte keine Ahnung, dass ihn gerade ein riesiger Hund ins Visier genommen hatte. Mit einem mächtigen letzten Satz stürzte Brutus sich auf ihn und stieß dabei ein ohrenbetäubendes WOFF! aus, das Drax' Schnurrhaare vibrieren ließ und ihn mit einem Schlag aus dem Schlaf riss. Beim Anblick der über ihm klaffenden, sabbernden Kiefer stieß Drax sich mit jedem Fünkchen Kraft, das er in seinen Katzenpfoten aufbieten konnte, vom Boden ab und sprang senkrecht in die Höhe. Und zwar keine Sekunde zu früh – Brutus' Maul schnappte nur um Haaresbreite an ihm vorbei in der Luft zu.

Nur, wer hochspringt, muss irgendwann auch landen, und das tat Drax nun ausgerechnet auf Brutus' Kopf. Sofort krallte er sich mit den Vorderpfoten in den Hundeohren und mit den Hintertatzen in Brutus' Schnauze fest. Der Hund jaulte auf, als die Krallen sich in sein empfindliches Fleisch bohrten. Aber Drax ließ nicht los, duckte sich tief auf den Hundekopf und bedeckte die Augen mit seinem Hinterteil, sodass Brutus nur noch durch eine beinahe undurchdringliche Pelzgardine blinzeln konnte.

Verdutzt, schmerzerfüllt und völlig verwirrt blieb Brutus jetzt nur noch eins: durchzudrehen. Wie von Sinnen begann er im Kreis herumzuwirbeln, um den Angreifer abzuschütteln. Am anderen Ende der Leine hing immer noch Eddy. Der wünschte sich nun, er hätte sich die Wäscheleine nicht so oft um das Handgelenk gewickelt – denn nicht loslassen zu können erwies sich jetzt eindeutig als großer Nachteil. Als Brutus sich wand und drehte, kam Eddy auf dem schlüpfrigen Untergrund ins Schwanken, rutschte aus und landete mit wild durch die Luft fuchtelnden Armen rücklings auf dem Boden.

„Aua!“, brüllte er, und seine Schreie vermischten sich mit dem Heulen des Hundes und dem Jaulen der falschen Katze, während er wie ein menschlicher Schlitten hilflos durch die vereisten Straßen davongeschleift wurde.

Stufe 3 war gründlich danebengegangen. Aber eine weitere böse Überraschung stand Eddy noch bevor.

Denn als er so über den Boden gezerrt wurde, fiel ihm seine Mütze vom Kopf.

Und sein Kopf war plötzlich zum Zerplatzen voll mit der aufgezeichneten Botschaft, die das Kommunikationsgerät aussendete.

„Es ist ein wunderbarer Tag“, sagte die Stimme in Eddys Kopf. „Alles ist völlig normal. Baut die glänzende Mauer.“ Es war Drax’ Stimme. Die Stimme, die Eddy damals im Wald gehört hatte, als Millie und er das Podul zum ersten Mal gesehen hatten. Die Stimme, die jeden Bewohner von Tidemark Bay hypnotisiert hatte. Und die, wie Eddy wusste, auch ganz bald die Herrschaft über sein Denken und Handeln übernehmen würde.

31. Kapitel

In dem jemand festgenagelt ist

Der Plan. Stufe 4 – Mit Handtüchern und Klebeband die …

Aber eigentlich war Stufe 4 von Eddys Plan jetzt auch schon total egal. Genau wie Stufe 5 bis 18. Die Lage war nämlich aussichtslos. Henry, Millie und Donnerstag waren von zahllosen Katzen umzingelt und hatten keine Chance, zur Metallmauer vorzudringen. Eddys Situation war sogar noch hoffnungsloser – nach wie vor wurde er am Boden liegend übers Eis geschleift, und eine Alien-Stimme bemächtigte sich langsam, aber sicher seines Gehirns. Schlimmer konnte es also kaum noch kommen.

Aber dann kam es doch noch schlimmer.

Brutus, der wegen der Drax-Perücke über den Augen nicht sehen konnte, wohin er lief, krachte plötzlich mit voller Wucht gegen einen Laternenpfahl. Drax sprang im letzten Moment von seinem tierischen Taxi ab und kletterte den Pfosten hoch, während Brutus benommen durch die Gegend torkelte.

Eddy wiederum schlitterte über die vereiste Hauptstraße

auf ihn zu und erreichte den Hund genau in dem Augenblick, als der seinen Kampf, auf den Beinen zu bleiben, endgültig aufgab. Und so brach Brutus direkt über Eddy zusammen und begrub diesen unter sich.

Und Drax' Stimme drang immer weiter in Eddys Kopf ein.

„Es ist ein wunderbarer Tag", wiederholte sie. „Baut die glänzende Mauer." Eddy spürte, wie die Botschaft zu wirken anfing. Es kribbelte in seinen Füßen, er wollte aufstehen und sich wehren, aber Brutus war einfach zu schwer. Eddy hatte keine Möglichkeit, sich unter ihm herauszuwinden.

Das war's also, dachte Eddy mit letzter Kraft gegen die Stimme in seinem Kopf an. *Unser Plan, die Malvalier glauben zu machen, dass sie gegen den Hundehelden keine Chance haben, dass sie lieber aufgeben und nach Hause verschwinden sollen, dass wir damit das Wasser und die Erde retten ... vorbei. Es war alles umsonst. Wir haben verloren. Die Erde hat verloren.*

Was Henry vorhergesagt hatte, schien sich nun doch zu bewahrheiten. Was Menschen und Mäuse planten, ging ganz oft nach hinten los. Auch wenn es jetzt noch zu früh war, um sagen zu können, ob und wenn ja, wie der Plan der Maus funktionieren würde.

Die fragliche Maus versteckte sich nämlich in einer Hamburgerschachtel, die in der Rinne auf der anderen Straßenseite lag, direkt gegenüber der Stelle, wo Eddy unter Brutus feststeckte. Die Maus hatte die Schachtel schon in den frühen Morgenstunden entdeckt, als die Straßen noch leer gewesen waren. Sie hatte auch das entdeckt, was darin vom Hamburger übrig war, hatte alles aufgefressen, eine Magenverstimmung bekommen und daraufhin entschieden, ein kleines Verdauungsschläfchen zu machen. Als sie Stunden später wieder aufwachte und sich auf den Heimweg begeben wollte, stellte sie zu ihrem Entsetzen fest, dass die Straßen nur so von Katzen wimmelten, und hatte beschlossen, erst einmal in der Pappschachtel zu bleiben, bis ihr einfiel, was sie als Nächstes tun sollte.

Nach langem Nachdenken hatte die Maus einen Plan geschmiedet. Ein genialer Plan war es nicht gerade, aber wer bei Mäusen geniale Pläne erwartet, hat vermutlich eine falsche Vorstellung von mäusischer Intelligenz. Der Plan der Maus lautete also: „Wegrennen." (Ja, das war schon alles.)

Vorsichtig spitzelte die Maus aus der Burgerschachtel hervor. Die Katzen schienen sich verzogen zu haben. Der beste Moment also, ihren Plan in die Tat umzusetzen.

Allerdings war das auch der Moment, in dem Drax G'varglestarg vom Laternenpfahl heruntersprang, um nachzuschauen, wer ihm da in die Quere gekommen war. Wer hatte es geschafft, so weit zu kommen, ohne hypnotisiert zu werden, und wie? Drax starrte auf die am Boden liegende Gestalt. Aber vergeblich – er konnte Menschen einfach nicht auseinanderhalten.

Eddy starrte zurück. Sein Kopf war wie leer gefegt, nirgendwo mehr eine Idee zu finden.

„Bitte“, sagte er nur. „Bitte lasst uns das Wasser.“

„Woher weißt du von dem Wasser?“, übertönte Drax' Stimme in Eddys Kopf die Botschaft, dass alles wunderbar war. „Augenblick mal. Du bist das?!“ Er kniff die Augen zu. „Ich habe zwar keine Ahnung, wie du es geschafft hast, wieder zurückzukommen. Aber ganz offensichtlich war es ein Fehler, dich nicht gleich komplett auszuschalten. Na ja, das lässt sich schnell nachholen.“

„Was meinst du damit?“, fragte Eddy. „Ihr dürft auf fremden Planeten doch gar keine Waffen benutzen.“

„Das brauche ich auch nicht“, keifte Drax. „Ich hab jeden Bewohner der Stadt und bestimmt zweihundert Katzen unter meiner Kontrolle, die das für mich erledigen werden.“ Seine Stimme hallte zwischen Eddys Ohren wider. „Hier eine Anweisung an alle Tubeoiden und Katzen ...“

Doch in diesem Moment hatte die Maus ihren Countdown beendet – der in Mäusebegriffen „viele – einige – eins – keins“ lautete – und stürzte aus der Pappschachtel hervor. Sie huschte quer über die Hauptstraße und geriet damit in Drax' Sichtfeld. Der Rote Kater ließ den Kopf in ihre Richtung herumwirbeln. Die kätzischen Instinkte, die in seinem fremden Körper verborgen lagen, brachen sich unaufhaltsam Bahn. Ein Gedanke füllte Drax' Kopf plötzlich so sehr aus, dass darin nichts anderes mehr Platz hatte.

Fang die Maus!

Und dieser Gedanke wurde auch als Anweisung an alle Menschen und Katzen in der Stadt übermittelt.

„Fang die Maus!"

Drax wirbelte herum und peitschte mit einer Pfote durch die Luft. Hastig sauste die Maus außerhalb seiner Reichweite.

Zweihundert Katzen wandten sich mit gespitzten Ohren von Henry und der Hoffnung auf noch mehr Fische ab und stürmten im nächsten Moment unter wildem Gemaunze die Hauptstraße hoch. Die Menschen im Hafen ließen jegliche Metallgegenstände sofort fallen und eilten von der Mauer weg. „Fang die Maus! Fang die Maus!“, murmelten sie dabei vor sich hin.

Schon bald wimmelte es auf der Straße von Menschen und Katzen, von schubsenden Ellbogen und scharrenden Krallen.

„Was ist denn jetzt los?“, fragte Millie.

„Keine Ahnung“, antwortete Donnerstag. „Aber Eddy ist mittendrin. Wir müssen ihn da unbedingt rausholen.“

Henry nahm Millie auf den Arm und kämpfte sich durch die Menge zu Eddy durch, an den Katzen mit ihrem Gejaule, an den Menschen mit ihren „Hast du sie gesehen?“-, „Das war *mein* Fuß!“- und „Da drüben ist sie!“-Rufen vorbei. Die Maus aber war längst seitlich aus der Meute rausgeschlüpft und brachte sich eiligst in Sicherheit.

„Halt!“, hörte Eddy Drax in seinem Kopf schreien. Offenbar hatte der Malvalier seinen Drang, die Maus zu jagen, jetzt doch überwunden. „Zurück an die Arbeit! Alles ist völlig normal!“

Ein paar Leute ließen von der Mäusejagd ab.

Henry setzte Millie am Laternenpfahl ab und machte sich daran, Brutus von Eddy herunterzuschieben. Der Hund rappelte sich mühsam auf und schüttelte den Kopf. Dann fiel sein Blick auf die Katzenmeute vor sich. Sofort stürzte er sich unter lautstarkem begeistertem Gekläff auf sie und zerstreute sie nach allen Seiten.

„Zurück an die Arbeit!", murmelte Eddy und kam ebenfalls auf die Beine. „Alles ist völlig normal."

„Hooo!" Donnerstag packte ihn mit mehreren Beinen und hielt ihn fest. „Du bleibst schön hier." Eddy wand sich in seinem Griff.

Millie hob Eddys Pudelmütze auf. „Und, hat der Plan jetzt funktioniert?", fragte sie.

32. Kapitel

In dem jemand lachhaft ist

„Läuft's gut?", fragte Millie. „Wir gewinnen doch, oder?"

Und dann passierte etwas Merkwürdiges.

Henry fing an zu lachen.

Er hatte alle 18 Stufen von Eddys Plan sorgfältig studiert und sich genau eingeprägt, was er zu tun hatte. Und er hatte miterlebt, wie der Plan schon ganz am Anfang den Bach runterging. Er hatte gesehen, wie Eddy von einem Hund, auf dessen Kopf eine Katze hockte, rücklings übers Eis geschleift wurde. Er war von einer Horde fischhungriger Katzen umzingelt worden. Er hatte mitbekommen, wie unzählige Menschen sich wie wilde Tiere zusammenrotteten. Und jetzt sah er zu, wie Eddy sich aus Donnerstags Griff zu befreien versuchte, um sich zu den anderen Leuten zu gesellen und an der Metallmauer mitzubauen. Der ganze Plan war dermaßen schiefgegangen, wie es schiefer nicht hätte sein können. Aber jetzt, wo Millie mit großen Augen diese Frage stellte, fiel ihm einfach keine passende Antwort darauf ein.

Also lachte er. Und das zum allerersten Mal, seit die Malvalier ihn seinerzeit gefangen genommen hatten. All die Jahre hatte er nicht einmal gelächelt. Und jetzt brach der Damm, und das ganze angestaute Gelächter strömte aus ihm heraus. Er lachte und lachte, dass ihm die Tränen über die Wangen liefen und er sich atemlos vorbeugen und den Bauch halten musste.

„Wir – gewinnen – doch – oder?“, keuchte er. Und dann lachte er wieder.

Henrys Lachen dröhnte in Eddys Kopf. Und Drax' Stimme, die Stimme, die ihm befahl, die Mauer zu bauen, begann zu bröckeln und zu knistern, wie ein schlecht eingestellter Radiosender. Henrys Lachen übertönte alles. Und schon fing Eddys Kinn ebenfalls an zu beben. Das Ganze war einfach brüllkomisch! Eddy brach in haltloses Gelächter aus. Er lachte und lachte so sehr, dass Drax' Stimme in seinem Kopf gar keinen Platz mehr hatte.

Es dauerte nicht lange, da fielen die ersten Leute um sie herum auch mit ein.

„Ich kann Drax nicht mehr hören“, keuchte Eddy zwischen zwei Lachkrämpfen. „Ich brauch meine Mütze gar nicht mehr. Das Lachen hat Drax aus meinem Kopf rausgeschmissen.“

„Höchst interessant“, sagte Professor Blubblubblabblubblubblubblab aus Millies Bauch heraus. „Offenbar durchbricht das Lachen deine normalen Gehirnmuster. Ich hatte noch nie Gelegenheit, so ein Phänomen zu erforschen. Aber wie denn auch – Lachen liegt außerhalb meiner Erfahrungswelt.“

„In der Galaxie hat man nicht so viel zu lachen, wisst ihr“, fügte Donnerstag hinzu. „Und bei den Malvaliern schon gar nicht. Wahrscheinlich wissen die gar nicht, was das ist.“

„Dann werden sie sicher auch nicht wissen, wie sie damit umgehen sollen“, sagte Eddy.

Er schaute sich um. Das ansteckende Lachen hatte inzwischen fast die ganze Menschenmenge erfasst. Und jeder, der aus vollem Halse wieherte, machte auf einmal ein verdutztes Gesicht, als sein Gehirn die Gedankenherrschaft des Malvaliers abzuschütteln begann.

„Wir können sie besiegen!“, kicherte Eddy. „Wir können den Hypnosebann durchbrechen. Wir müssen dazu nichts anderes tun, als alle zum Lachen zu bringen!“

„Wir müssen meinen Daddy finden“, sagte Millie. „Der kennt total viele Witze. Ein paar witzige sind auch dabei.“

„Meiner auch“, sagte Eddy. „Die sind bestimmt beide hier irgendwo.“

Das Gelächter um sie herum verebbte langsam, und Drax’ Botschaft drang wieder stärker zu den Menschen durch. „Baut die glänzende Mauer!“

„Wir müssen sie finden, und zwar schnell“, sagte Eddy.

Es dauerte auch nicht lange, bis sie ihre Väter in der Menschenmenge entdeckten. Beide Männer sahen völlig verwirrt aus.

„Was?“, stammelte Eddys Dad. „Wo?“

„Ich versteh gar nichts mehr“, sagte Onkel Ken. „Wir waren doch gerade noch ...“

„Witze“, ging Eddy dazwischen. „Ihr müsst Witze erzählen. Ihr müsst die Leute hier zum Lachen bringen und am Lachen halten.“

Eddys Vater hob ruckartig den Kopf. „Witze“, sagte er. „Na, da hast du genau den Richtigen erwischt.“

„Allerdings“, sagte Onkel Ken. „Und dein Vater ist auch nicht sooo schlecht.“ Er giggelte, und ein paar Köpfe drehten sich zu ihnen um.

„Na dann wollen wir mal sehen, wer die besseren Witze auf Lager hat“, sagte Millies Daddy.

„Die Wette gilt“, schlug Eddys Vater ein.

In den nächsten Minuten wimmelte es in Tidemark Bay nur so von Hühnern, die über die Straße liefen, Männern, die zum Arzt gingen, Matrosen, die auf einsamen Inseln strandeten, Pferden, die eine Kneipe betraten, Haifischen, die einander mit Hai-five begrüßten, und Papageien, die Einbrechern Geheimnisse verrieten. Drax' Einfluss auf die Köpfe der Einwohner der Stadt hatte gegen den vielstimmigen Chor aus Kicherern und Gackerern und Schnaubern und Schnörtlern einfach keine Chance.

Das Gelächter wäre sicherlich weit weniger lautstark ausgefallen, wenn die Menschen gewusst hätten, was sich gleichzeitig direkt über ihren Köpfen anbahnte. Eine kleine Kräuselwelle huschte über den von grauen Wolken verdüsterten Himmel. Nur dass es keine Kräuselwelle war, sondern das malvalische Kontrollschiff, groß wie eine ganze Stadt, das sich hinter seinem Tarnschild versteckte.

Und das malvalische Kontrollschiff war alles andere als begeistert von dem, was es da sah.

Drax G'varglestarg, der sich nach der chaotischen Mäusejagd auf das Dach des nahe gelegenen Fischrestaurants gerettet hatte, versuchte seinen Vorgesetzten zu erklären, was vorgefallen war. Ja, er hatte die Gehirne der einheimischen Bevölkerung nicht mehr unter Kontrolle. Nein, er konnte den Grund dafür nicht nennen, aber es schien etwas mit den merkwürdigen Quietschgeräuschen zu tun zu haben, die aus den Futterluken der Leute drangen. Nein, er wusste nicht, was das war, aber möglicherweise war es das Symptom einer Seuche, die plötzlich die gesamte Bevölkerung erfasst hatte.

Und dann wurde es erst richtig eng für Drax.

„Wir haben Sichtkontakt", sagte das Große Kontrollschiff. „Wir haben den Hundehelden gesichtet. Ich wiederhole: Hundeheld gesichtet. Wir glauben, er ist für das merkwürdige Phänomen verantwortlich. Erwarten Bericht."

„Das ist nur ein einheimisches Lebewesen in Verkleidung", berichtete Drax. „Der Hundeheld existiert gar nicht wirklich. Er ist eine Erfindung."

„Unsere Datenbank hat dazu andere Informationen", erwiderte das Schiff. „Unsere Datenbank sagt, der Hundeheld verfügt über Superkräfte, und nichts und niemand kann ihn aufhalten. Erwarten Bericht."

„Die Datenbank irrt sich."

„Die Datenbank widerspricht. Die Datenbank sagt, die Informationen der Datenbank sind korrekt."

„Aber es ist doch auch völlig unerheblich, was die Datenbank über den Hundehelden sagt", setzte Drax an. „Es ist auch unerheblich, dass ich die Bevölkerung nicht mehr unter Kontrolle habe. Wir brauchen sie gar nicht mehr. Die Reflektormauer ist zu siebenundneunzig Prozent vollendet und komplett betriebsbereit."

Donnerstag, der auf der anderen Straßenseite stand, spürte plötzlich, wie seine Fühler kribbelten. Er ließ sie herumschwingen und ... „Hey! Ich empfange ein Signal! Klingt, als wäre die malvalische Plünder-Flotte eingetroffen. Und ... Oh, oh! Das wird dir bestimmt nicht gefallen, Kleiner ..."

Denn was Donnerstag da hörte, war Drax' Stimme: „Hyperenergie-Leuchtstrahl aktivieren und mit dem Aufladen des Wassers beginnen! Der Plan wird trotzdem funktionieren!"

33. Kapitel

In dem jemand der größte Held ist

Wieder dieses Wort. Plan. Das Wort, das geradezu nach Ärger schrie.

Und der Ärger lauerte schon hinter der nächsten Ecke – riesig, graublau und in der unteren Abteilung mächtig ausladend, freute er sich schon darauf, beweisen zu können, dass nicht nur die Pläne von Mäusen und Menschen, sondern auch die von Außerirdischen komplett in die Hose gehen können.

Das Flauschi-Wauschi-Kuschelhasi hatte irgendwann genug davon, nur Büsche und Bäume zu zerquetschen, und deshalb den Wald verlassen, um etwas Abwechslung in sein Leben zu bringen. Und so war es nach Tidemark Bay geschlurft, wo es entzückt festgestellt hatte, dass Autos, wenn man sich draufsetzte, ein hübsches lautes Knackgeräusch von sich gaben, direkt bevor die Reifen einknickten. Ganz zu schweigen von dem hübschen pfeifenden Knuspergeräusch, das sie von sich gaben, wenn die Reifen platzten. Das Flauschi-Wauschi-Kuschelhasi konnte sich gar nicht entscheiden, welches der beiden Geräusche es hübscher fand, und so musste es sich auf ganz viele

Autos draufsetzen, um es immer wieder auszuprobieren.

Aber was das Kuschelhasi noch mehr liebte als Knack- und Knuspergeräusche, waren glänzende Gegenstände. Autos, Laternenpfähle ... alles schön und gut. Aber nun stand das Flauschi-Wauschi-Kuschelhasi plötzlich vor dem größten und glänzendsten Ding, das es jemals gesehen hatte – einer großen Mauer aus glänzenden Gegenständen, die sich einmal rund um den Hafen zog.

Und genau in dem Augenblick, als Donnerstag den malvalischen Befehl „Hyperenergie-Leuchtstrahl in Bereitschaft!" abfing, erreichte das Kuschelhasi das vordere Ende der Metallmauer. Es drehte sich einmal um die eigene Achse, ruckelte sein massiges Hinterteil zurecht und pflanzte es dann mitten auf einen außergewöhnlich schönen, goldgerahmten Kaminspiegel aus dem 19. Jahrhundert. Der Hasi-Hintern brach sofort durch den Spiegel und begrub einen Teil des Mauergerüstes unter sich, woraufhin dieser Abschnitt der Reflektormauer vornüberknickte und ins Hafenbecken fiel. Wie bei einer La-Ola-Welle setzte sich der zerstörerische Impuls in der gesamten Mauer fort, bis die ganze Konstruktion am Boden lag. Oder nein, nur die eine Hälfte. Die andere lag im Wasser und sank ziemlich schnell auf den Grund des Hafenbeckens.

Die kichernde Menschenmenge hielt das Zerstörungswerk offenbar für ein besonderes Spektakel zu ihrem Vergnügen und lachte nur noch lauter.

„Hyperenergie-Leuchtstrahl in Position“, verkündete das Große Malvalische Kontrollschiff. „Abschuss erfolgt in fünf ... vier ...“

„Stopp!“, rief Drax. „Wir haben ein Problem. Die Reflektormauer ist beschädigt.“

„Können wir trotzdem abfeuern?“, lautete die Nachfrage seiner Vorgesetzten. „Zu wie viel Prozent ist die Mauer beschädigt?“

„Grobe Schätzung ...“, sagte Drax. „Ungefähr ... circa ... einhundert Prozent ... so Pi mal Tatze ...“

„Status-Einschätzung erfolgt“, sagte das Kontrollschiff. „Reflektormauer ist zerstört. Einheimische Bevölkerung hat Widerstand gegen die Hirnkontrolle entwickelt. Hundeheld ist im Einsatz. Geschätzte Wahrscheinlichkeit, dass diese Mission zum Erfolg führt: null. Geschätzte Wahrscheinlichkeit, dass diese Mission bei einem Zweitversuch zum Erfolg führt: null. Mission wird abgebrochen. Alle Einheiten verlassen den Planeten und kehren nach Malvalien zurück. Wiederhole: Alle Einheiten kehren nach Malvalien zurück. Agent Roter Kater:

Melden Sie sich auf Malvalien zur Disziplinar-Anhörung. Die Mission ist gescheitert."

„Sie geben auf!", rief Donnerstag. „Sie fliegen nach Hause und kommen nie wieder! Wir haben gewonnen, Kleiner! Die wollen das Wasser nicht mehr, weder jetzt noch in Zukunft!"

„Wir haben's geschafft!", schrie Eddy. Und dann gönnten er und Henry und Donnerstag und Millie sich eine wohlverdiente Jubel-, Jodel-, Knuddel- und Wuddel-Gruppensitzung, und selbst Brutus kam schwanzwedelnd und woffend hinzu.

„Jetzt haben wir nur noch ein Problem", sagte Eddy schließlich. „Drax läuft hier immer noch frei herum. Und er wird nicht begeistert darüber sein, dass wir ihn geschlagen haben. Außerdem hat er immer noch dieses Kommunikationsdingens. Wir können die Leute ja nicht ewig am Lachen halten. Er könnte wieder die Kontrolle über ihr Gehirn übernehmen und ihnen irgendwas Fürchterliches einimpfen, um sich an uns zu rächen. Ich bin erst zufrieden, wenn wir diese Kommunikationsplattform zerstört haben."

„Um genau zu sein, ist Drax nicht unser einziges Problem", warf Donnerstag ein. „Wir haben zwei. Und das zweite kommt geradewegs auf uns zu."

Das Flauschi-Wauschi-Kuschelhasi hatte seinen Allerwertesten inzwischen wieder erhoben und schwankte auf die vier Freunde zu, bereit, sich auf alles und jeden zu setzen, das oder der sich ihm in den Weg stellte.

„Wie hält man so ein Viech denn auf?“, fragte Eddy.

„Ist ganz einfach“, meldete sich der Professor. „Habt ihr zufällig eine Raummatrix-Sicherheitsbehälter-Sprengmine dabei?“

„Nicht nur, dass wir keine dabeihaben“, sagte Eddy. „Ich habe auch nicht die leiseste Ahnung, was das sein soll.“

„Verstehe“, sagte der Professor. „Dann habt ihr wohl wirklich ein Problem.“

Um zu begreifen, was als Nächstes passierte, muss man wissen, dass die Malvalier das Flauschi-Wauschi-Kuschelhasi zu dem Zweck gefangen gehalten hatten, um zu erforschen, wie sie die Kontrolle über sein Gehirn übernehmen konnten. Allerdings hatten die Malvalier noch nicht herausbekommen, wie sein Gehirn funktionierte. Denn weder Röntgenstrahlen noch Ultraschallscanner noch ein gigantisches Spezialgerät, welches das Kuschelhasi hochhieven, mit dem Kopf nach unten drehen und kräftig durchschütteln konnte (um zu sehen, ob etwas aus seinem Ohr herausfiel), waren in der Lage gewesen, auch nur die Spur von etwas zu finden, was man als Gehirn hätte bezeichnen können. Kurz gesagt, das Flauschi-Wauschi-Kuschelhasi war kopfmäßig nicht der hellste Stern am Galaxiehimmel.

Als das Kuschelhasi nun unaufhaltsam auf Eddy und seine Freunde zustapfte, fiel sein Blick plötzlich auf Horrisboris. Der war zwar mindestens zehnmal kleiner, sah aber ansonsten wie ein Mini-Flauschi-Wauschi aus – klumpenförmiger graublauer Körper, breites Maul, Glotzaugen und ein Püschel orangefarbene Haare auf dem Kopf. Als das Flauschi-Wauschi-Kuschelhasi Horrisboris erblickte, setzte es augenblicklich all seine verfügbaren Denkzellen ein, um Folgendes zu denken:

Das graublaue Ding sieht genauso aus wie ich.

Ich bin sehr groß, also ist das Ding auch sehr groß.

Die rosa Kreatur, die das Ding festhält, ist viel größer als das Ding.

Die rosa Kreatur, die das Ding festhält, ist also viel größer als ich.

Größere Kreaturen setzen sich gern auf kleinere.

Wenn ich der rosa Kreatur zu nahe komme, setzt sie sich bestimmt auf mich.

Also muss ich in die andere Richtung.

Das Podul, in dem ich drin war, ist in der anderen Richtung.

Ich muss also zum Podul zurück.

Und so machte das Kuschelhasi auf dem Absatz kehrt und schlurfte Richtung Podul davon. Was die lachenden Menschen offenbar als Ende der Vorstellung ansahen, obwohl keiner so recht hätte sagen können, worin genau die Vorstellung bestanden hatte.

Langsam zerfiel die Menge in einzelne Grüppchen, die sich unter leisem Gekicher und Gemurmel zerstreuten.

„Um das Kuschelhasi müssen wir uns zumindest in diesem Moment keine Sorgen mehr machen", sagte Eddy. „Kümmern wir uns um das Kommunikationsdingens." Damit ging er zu dem silbernen Würfel hinüber und hob ihn vom Boden auf.

„Ich kann es bestimmt ausschalten, indem ich das Sockensieb rausnehme ... ich meine, das hemisphärische ... Wasauchimmer. Ich muss das Ding nur erst mal aufkriegen, um dranzukommen."

Eddy holte tief Luft. „Aufmachen!", sagte er. „Ich bin ein Level neun und befehle dir, dich zu öffnen."

Aber nichts geschah. Eddy strich mit den Händen über das Gerät. Er spürte, dass er immer noch vereinzelte Level-neun-Schleimspuren an den Fingern hatte. Aber das Kommunikationsgerät öffnete sich nicht.

„Das versteh ich nicht", sagte Eddy. „Bei Drax ist das Ding doch auch gleich aufgegangen."

„Wahrscheinlich braucht man den Missions-Code dazu", erklärte Professor Blubblubblabblubblubblubblab. „Die Malvalier benutzen normalerweise Passwörter mit sechs Buchstaben."

„Nur sechs", sagte Eddy. „Das müsste doch relativ schnell zu knacken sein."

„Ihr Alphabet hat allerdings 242 Buchstaben", bremste ihn der Professor. „Das wären dann über zweihundert Millionen Kombinationen. Wenn du pro Sekunde zehn durchprobierst, würde die Prozedur insgesamt ungefähr hundertfünfzigtausend Jahre dauern. Menschenjahre."

„Das ist doch ein bisschen zu lange", sagte Millie.

„Wir könnten mit etwas Schwerem draufhauen", schlug Henry vor.

„Das Gerät wurde so konzipiert, dass es selbst den schlimmsten Waffen widerstehen kann, die die Galaxie hervorbringt“, sagte der Professor. „Nukleare Strahlung, extreme Temperaturunterschiede, Teilchengewitter, Weltraumläuse ... Ich glaube kaum, dass es sich öffnet, wenn man mit einem einfachen Ziegelstein draufhaut.“

„Millie, wieso spielst du nicht ein bisschen damit rum und schaust, ob du es nicht irgendwie aufbekommst?“, sagte Eddy.

„Okay.“ Millie nahm die Kommunikationsplattform in die Hand und drehte sie nach allen Seiten. „Was kann das Ding denn so? Hüpfen? Nein. Fliegen? Nein. Kann es vielleicht ...? Nein, kann es nicht. Wozu ist das da eigentlich da? Ich glaube, damit kann man ... oh ...“

Es klackerte, dann fiel plötzlich ein Teil des Gehäuses ab, und das Innere des Geräts landete scheppernd auf den Boden.

„Ups, jetzt ist es kaputt“, sagte Millie.

„Mag sein, dass das Ding jeder galaktischen Waffe widersteht“, sagte Eddy. „Aber nur eine Minute in der Hand einer Vierjährigen reicht aus ...“

„Vierdreiviertel, bitte“, unterbrach ihn Millie. „Und ich hab’s nicht kaputtgemacht. Aber was, wenn es jemand kaputtgemacht hätte?“

„Dann wäre dieser Jemand der größte Held“, antwortete Eddy.

„Ich hab’s kaputtgemacht!“, schrie Millie. „Ich! ICH!“

Irgendwo im Universum, mehr als einhunderttausend Meilen entfernt, sendete jemand eine Botschaft an die zerstörte Kommunikationsplattform.

„Großes Kontrollschiff an Roter Kater. Roter Kater, hören Sie mich? Können Sie mich hören, Roter Kater?“

Aber Roter Kater konnte nicht. Niemand konnte mehr.

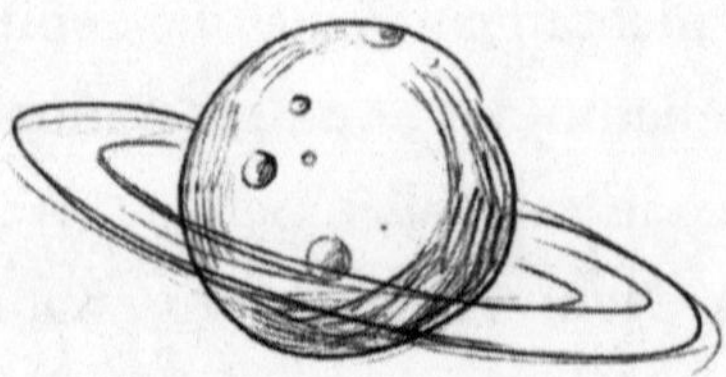

34. Kapitel

In dem jemand glücklich ist

Sie fanden Drax bei Eddy zu Hause, vor dem Computer.

„Ich habe gesehen, was ihr mit meiner Kommunikationsplattform gemacht habt“, hatte er getippt. „Ich habe keine Wahl mehr – ich gebe auf.“

„Wir schicken dich zurück nach Hause“, sagte Eddy. „Im Wald wartet schon das Podul auf dich.“

„Ich kann nicht nach Hause zurück“, schrieb Drax. „Ich habe versagt. Und Versagen wird auf Malvalien nicht toleriert.“

„Aber hier kannst du auch nicht bleiben“, beharrte Eddy.

„Ich würde ihn gern behalten“, sagte Millie. „Ich wollte schon immer eine Katze haben.“

„Und wenn deine Eltern Nein sagen?“, fragte Eddy.

„Ach Quatsch“, antwortete Millie. „Am Ende sagen sie doch sowieso immer Ja.“

Drax G’varglestarg dachte über seine Zukunft nach. Jeden Tag drei Mahlzeiten, in der Sonne dösen, von Menschen bedient werden und jede Menge Zeit haben, seinen Forschungen im Bereich kleine pelzige und gefiederte Dinger nachzugehen.

Keine Arbeit, ganz viel Schlaf und dazu Sklaven, die einem die Wünsche von den Augen ablasen. Das klang wirklich gut. Um genau zu sein, eigentlich hörte es sich genau nach der malvalischen Lebensphilosophie an. Okay – von jetzt an würde er immer Roter Kater heißen müssen. Aber sonst ...

„Ich akzeptiere", tippte er.

„Jetzt kann ich dich endlich Fluffischnuckischnurripfoti nennen", sagte Millie.

„Unter einer Bedingung", fügte Drax hinzu. „Entweder Fluffischnucki oder Schnurripfoti. Aber nicht beides hintereinander."

„Schnurripfoti", entschied Millie. „*Herr* Schnurripfoti."

„Donnerstag, Professor ...", wandte Eddy sich an die beiden. „Ich fürchte, es wird Zeit, Abschied zu nehmen. Das Podul steht euch zur Verfügung."

„Ich glaube, ich möchte auch mit ihnen fliegen", sagte Henry. „Ins Weltall."

„Was?", rief Eddy. „Aber wieso denn?"

„Ich vermisse Ethel", erklärte Henry. „Und die lebt nun mal bei der malvalischen Flotte. Wir haben einfach so viele Jahre zusammen verbracht ..."

„Augenblick kurz", sagte Eddy. „Professor ..." Er flüsterte Millie etwas ins Ohr, während er sie aus dem Zimmer führte.

Nach wenigen Minuten waren sie wieder da. Eddy hatte das tragbare Radio dabei, das er als Teil seines Plans in seinen Rucksack gepackt hatte.

„Für dich“, sagte er und reichte Henry das Radio. „Ein Geschenk.“

„Danke“, erwiderte Henry. „Aber ich glaube, das wird mir da, wo ich hingehe, nicht viel nützen.“

„Probier’s doch erst mal aus“, drängte Eddy, und Henry schaltete das Radio ein.

„Wie geht es dir heute?“, fragte eine vertraute Stimme.

„Ethel!“, rief Henry.

„Der Professor hat mir gezeigt, wie ich es machen muss“, erklärte Eddy.

„Wir haben den Speicher und den Stimmprozessor der Kommunikationsplattform benutzt und ein paar kleine Modifikationen durchgeführt …“, sagte der Professor.

„Sie verfügt über dieselbe Datenbank wie die auf dem malvalischen Raumschiff“, fügte Eddy hinzu. „Also kann sie sich auch an alles erinnern, was ihr beide zusammen erlebt habt.“

„Das ist so schön, dich endlich wieder zu hören!“, schwelgte Henry. „Jetzt kann ich auf der Erde bleiben. Los, wir treiben einen Ofen auf und backen ein paar Pasteten. Ich bin sicher, zusammen kriegen wir das hin.“

„Für uns wird’s Zeit“, sagte Donnerstag.

„In der Tat“, gab der Professor ihm recht. „Aber zuerst muss ich aus diesem Körper raus. Tut mir fast leid, ihn verlassen zu müssen. Ich hatte vorher so viele Theorien darüber gehört, wie es sein soll, im Inneren eines Tubeoids zu verweilen. Das war eine sehr faszinierende Erfahrung für mich, außerdem überraschend und sehr, sehr gruselig. Du wirst zur Grundlage eines ausführlichen wissenschaftlichen Fachbuchs werden, junge Dame. Zudem haben deine Eingeweide mich auf eine höchst aufregende Idee für einen absolut widerwärtigen und ekelhaften Vergnügungspark gebracht."

„Oh!", sagte Millie. „Mein Bauch wird berühmt!"

„Also dann", sagte der Professor. „Wo ist jetzt der Ausgang aus diesem Röhrengeflecht?"

„Ich wüsste da was", sagte Eddy. „Sie können sich doch innerhalb von Millies Körper überall frei bewegen, oder?"

„In der Tat", antwortete der Professor.

„Gut. Dann hole ich mal eine Schüssel, in der wir Sie auffangen können."

„Ich kann nicht", sagte Millie zehn Minuten später.

„Klar kannst du", sagte Eddy. „Versuch's ein bisschen doller."

„Ich versuch's doch schon ganz doll. Ich denke an ganz viele traurige Sachen, aber es kommen einfach keine Tränen. Ihr müsst mir helfen."

„Hm ... Denk an ein Pony im Schneesturm", schlug Eddy vor.

„Das ist nicht traurig, sondern süß", sagte Millie.

„Ein Kätzchen mit verletzter Pfote."

„Nein."

„Deine Freundin Sophie“, sagte Eddy. „In einem Prinzessinnenkleid, das viel hübscher ist als deins.“

„Neiiiiiiiiin!“ Millies Unterlippe fing an zu beben. „Uaaaaahhhh!“

Und schon wurde der Professor vom Strom ihrer Tränen hinausgespült.

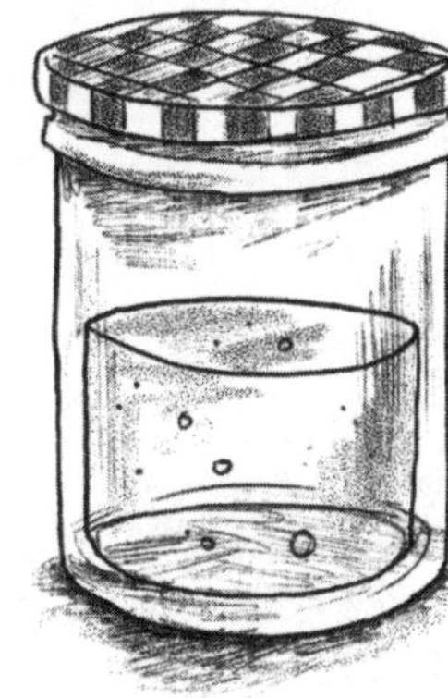

Sie fanden ein sauberes Marmeladenglas mit Schraubverschluss, in dem der Professor reisen konnte. Eddy trug ihn in Begleitung von Donnerstag und Millie in den Wald.

Das Flauschi-Wauschi-Kuschelhasi wartete schon neben dem Podul.

„Podul, öffne die Tür“, sagte Eddy.

Als es Millie erblickte, kletterte das Kuschelhasi schleunigst durch die Ladeklappe ins Innere des Poduls.

„Und jetzt kommt mein letzter Befehl“, sagte Eddy. „Ich möchte, dass du dieses Wesen zu seinem Heimatplaneten zurückbringst. Und diese beiden fliegst du dahin, wohin sie möchten.“

„Alles klar, Sir“, erwiderte das Podul.

„Kinder, es war mir ein echtes Vergnügen mit euch“, sagte Donnerstag. „Und jetzt schnell weg, bevor mir die Tränen kommen.“

„Und ich bin hier auch nicht mehr nur flüssig, sondern sogar überflüssig“, fügte der Professor hinzu.

„Das war ja fast schon ein perfekter Wortwitz!“, sagte Eddy. „Üben Sie ruhig weiter, Professor!“

Schon bald kehrte das Leben in Tidemark Bay zur Normalität zurück. Oder zumindest beinahe.

Maxton Banderfield verzieh Eddy, dass er sein Gemälde zerstört hatte. Es war sowieso noch nie eins seiner Lieblingsbilder gewesen, außerdem hatte er einen plötzlichen Inspirationsschub erhalten und beschlossen, statt des Meeres nur noch Ponys zu malen.

Sergeant Wachtmeister fand das perfekte Gartenhäuschen (Typ Reetdachhaus mitsamt ebenfalls reetgedecktem Wunschbrunnen) und stellte fest, dass ihm die Arbeit auf der Polizeiwache nicht im Geringsten fehlte.

Das einzig Merkwürdige war, dass niemand in Tidemark Bay sich erinnern konnte, was während der vergangenen drei Tage passiert war. Als litten sie alle unter Gedächtnisverlust oder zumindest -verwirrung. Sie wunderten sich einfach nur über die Masse an platt gedrückten Autos und das geheimnisvolle Verschwinden aller glänzenden Haushaltsgegenstände aus Metall.

Bis am nächsten Tag die Zeitung erschien.

Entlaufener Elefant terrorisiert eine ganze Stadt, lautete die Schlagzeile. Und darunter: *Jumbo auf der Flucht beschä-*

digt Polizeistation, zertrampelt Autos und zerstört Gemeinschafts-Kunstprojekt im Hafen.

Eddy las die Story aufgeregt von vorn bis hinten. *Was für ein geniales Beispiel für investigativen Journalismus*, dachte er. Vor allem weil der ganze Artikel so gut wie kein einziges Fünkchen Wahrheit enthielt.

Aber die Bewohner von Tidemark Bay schluckten die Geschichte. Schließlich erklärte sie so einiges. Sie hatten doch dieses Ding im Hafen zusammen gebaut, oder nicht? Und das riesige graublaue Ding, an das einige von ihnen sich vage erinnern konnten, musste ein Elefant gewesen sein, denn ... was sonst hätte es sein sollen?

Eddy stand im Garten und schaute in die Nacht hinaus. Sie hatten das Wasser gerettet, die Welt gerettet, und außer ihm, Millie und Henry würde nie jemand etwas darüber erfahren.

Was völlig in Ordnung war.

Wolken bedeckten den nächtlichen Himmel, und leiser Regen fiel auf die Erde herab. Eddy fragte sich, wo seine Freunde Donnerstag und der Professor jetzt wohl sein mochten.

„Eddy!“, rief seine Mutter von der Haustür aus. „Was machst du denn da draußen so ohne Jacke? Du wirst doch ganz nass!“

Eddy legte den Kopf in den Nacken und ließ sich das Gesicht nass regnen.

„Ich weiß“, sagte er. „Fühlt sich total genial an.“

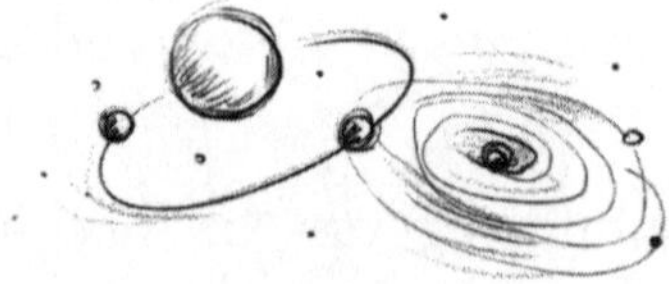

Simon Cherry liebt es, mit Sprache zu spielen und seine vielen lustigen Ideen zu Papier zu bringen. Er hat u. a. als Theater-Redakteur und als Journalist für *The Daily Telegraph* gearbeitet. Außerdem schreibt er Scripts und Drehbücher für Sketche und komische Theaterstücke. Sein erstes Kinderbuch, *Eddy Stone und der Pirat in der Badewanne*, ist ebenfalls im Baumhaus Verlag erschienen.

Mareikje Vogler, geb. 1981, machte eine Ausbildung zur Mediengestalterin und arbeitete mehrere Jahre in der Werbung. Später studierte sie an der Animation School in Hamburg Trickfilm und ist seit 2012 freiberuflich als Illustratorin und Designerin tätig. Mareikje Vogler lebt und arbeitet in Hamburg.

Bei allen wilden Wassern: Piraten!

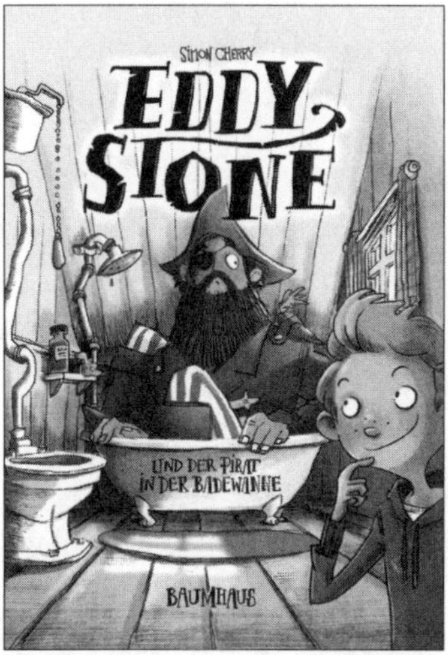

Simon Cherry
EDDY STONE UND DER PIRAT IN DER BADEWANNE
Band 1
Aus dem Englischen von Yvonne Hergane
288 Seiten
mit zahlreichen Abbildungen
ISBN 978-3-8339-0413-4

Eddy Stone traut seinen Augen nicht, als plötzlich ein waschechter Pirat in seiner Badewanne sitzt. Der Fiese Miese Olle McScholle will ihn mitnehmen auf das größte Abenteuer seines Lebens. Eddy ist begeistert! Endlich hat die Sommerflaute ein Ende und es geht auf Schatzsuche. Zusammen mit einer alten Lady und einem mürrischen Pinguin stechen sie in See. Keine Gefahr ist ihnen zu groß. Aber ob sie es auch mit den furchtlosen Rosinen des Todes, einem zum Himmel stinkenden Ungeheuer und einem verrückten Zuckerbäcker aufnehmen können? Und dann ist da auch noch Barracuda Bill, der gefährlichste Pirat der Sieben Weltmeere ...

Baumhaus

»Wie es aussieht, hast du ein ganz massives Flatterlaken-Problem«, knurrte der Schädel.

Sabine Städing
JOHNNY SINCLAIR -
BERUF: GEISTERJÄGER
Band 1
272 Seiten
mit zahlreichen
Abbildungen
ISBN 978-3-8339-0467-7

Moment mal! Seit wann können Schädel knurren? Dem 12-jährigen Johnny läuft es kalt den Nacken runter, als ihn der Totenkopf anquatscht, den er im Moor gefunden hat. Als hätte er mit dem zickigen Geistermädchen und dem grölenden Highlander auf seiner Burg nicht schon genug Spuk am Hals! Doch der Totenkopf entpuppt sich als Profi in Sachen Gruselbekämpfung und hilft Johnny dabei, der mutigste Geisterjäger zu werden, den die Welt je gesehen hat!

Von *John Sinclair*-Erfinder Jason Dark empfohlen